〖中华诗词存稿·地域专辑〗

中华诗词学会 编

北京诗词选

现当代·下

（一）

张桂兴 主编

中国书籍出版社

China Book Press

图书在版编目（CIP）数据

中华诗词存稿.北京诗词选.现当代.下/张桂兴
主编.一北京：中国书籍出版社，2020.12
ISBN 978-7-5068-7622-3

Ⅰ.①中…　Ⅱ.①张…　Ⅲ.①诗词－作品集－中国－
当代　Ⅳ.① I122

中国版本图书馆 CIP 数据核字 (2020) 第 222624 号

北京诗词选·现当代（下）

张桂兴 主编

责任编辑	毕　磊	
责任印制	孙马飞　马　芝	
封面设计	采薇阁	
出版发行	中国书籍出版社	
地　　址	北京市丰台区三路居路 97 号（邮编：100073）	
电　　话	（010）52257143（总编室）（010）52257140（发行部）	
电子邮箱	eo@chinabp.com.cn	
经　　销	全国新华书店	
印　　刷	北京虎彩文化传播有限公司	
开　　本	710 毫米 × 1000 毫米　1/16	
字　　数	985 千字	
印　　张	65.25	
版　　次	2020 年 12 月第 1 版　2020 年 12 月第 1 次印刷	
书　　号	ISBN 978-7-5068-7622-3	
定　　价	1198.00 元（全 4 册）	

《北京诗词选》（现当代）
编委会名单

编 委 会：（按姓氏笔画排序）

　　　　　　石理俊　　杨金亭　　李树先　　李增山　　张桂兴

　　　　　　郑玉伟　　柳科正　　赵清甫　　赵慧文　　段天顺

主　　　任：段天顺　　张桂兴

副 主 任：李增山

主　　　编：张桂兴

执行主编：柳科正

编　　　辑：李树先　　张力夫

办 公 室：李玲娜　　于秀舫

总　序

　　我们这个诗歌大国有一个很好的传统,历来注重"采诗"、搜集整理诗歌材料。作为唯一的全国性诗词组织的中华诗词学会,自1987年5月成立以来,就十分重视这项工作。学会每年的学术研讨会和历届"华夏诗词奖",都出版论文集和获奖作品集。纪念学会成立二十年、三十年时,还专门编辑出版了《大事记》《论文选集》《诗词选集》。《中华诗词》创刊以来,每年都制作年度合订本。2007年5月,在北京天识东方文化艺术传播有限公司的资助下,以近代以来诗词创作、诗词理论、诗词运动重要文献汇编,当代名家个人作品专集等为主要内容,出版了《中华诗词文库》。经过十来年的编辑整理,已经出了近百卷。这些诗集、文集的出版,记录了近百年来尤其是改革开放四十多年来,中华诗词从起步、复苏走向复兴的砥砺前行的历程,为近、当代诗歌史的撰写准备了丰富的资料。

　　党的十八大以来,中华民族优秀传统文化重新受到应有的重视。习近平总书记《念奴娇·追思焦裕禄》词和《军民情》七律的相继发表,引领中华大地诗潮滚滚而来。《中共中央关于繁荣发展社会主义文艺的意见》和中办、国办《关于实施中华优秀传统文化传承发展工程的意见》,都明确提出"加强对中华诗词、音乐舞蹈、书法绘画、曲艺杂技和历史文化纪录片、动画片、出版物等的扶持。"国家教育部组织制定由中华诗词学会起草的新中国语言体系中的新韵书《中华通韵》已经通过国家语言文字工作委员会语言文字规范标准审定委员会审定，即将颁布全国试行。这些都使我们真切地感受到，中华诗词的春天真的到来了。诗人们乘着骀荡春风，正以高昂的激情，书写着中华民族伟大复兴的新时代、新史诗，国家富强、民族振兴、人民幸福的中国梦；正以与人民同呼吸、共命运的诗人之心，对人民的欢乐、人民的忧患、人民的情怀给以诗意的表达；正以"美"或"刺"的诗人之笔，对市场经济大潮中人民对幸福生活的期待，对美好未来的希望，对假丑恶的深恶痛绝，或给以方向，或给以赞美，或给以鞭挞。正如习近平总书记所指出的："好的文艺作品就应该像蓝天上的阳光、春季里的清风一样，能够启迪思想、温润心灵、陶冶人生，能够扫除颓废萎靡之风。"

当前，传统诗词创作者和诗词爱好者队伍发展迅速，已超过三百万。每天创作的诗词作品超过唐诗、宋词、元曲的总和。诗词评论研究队伍也成长很快，诗词评论、诗词学、诗词创作理论研究成果丰硕。如何从浩如烟海的诗词作品中"淘"出优秀作品，并使之存下来、传下去，如何使诗词研究理论成果"面世"并发挥应有的指导作用，确实是摆在我们面前的无可回避的一个重要课题。中华诗词学会是一个没有国家编制，没有国家拨款的社会团体，事业的运转主要靠社会赞助和会员费支撑。俊识（北京）文化传媒有限公司总经理吕梁松、北京采薇阁总经理王强，两位一直是对中华传统文化情有独钟的热心人，慷慨解囊，愿意同中华诗词学会一起，搜集整理编辑推出《中华诗词存稿》这套书，共同为中华诗词文化的继承和发展，做成这件十分有意义的事情。

　　《中华诗词存稿》主要搜集整理出版三部分内容的资料：一是当代诗词名家的个人作品集；二是当代诗词评论家、诗词学者的学术著作集；三是当代诗词作品、诗词理论学术成果阶段性、专题性、地域性的集成类作品集。诗词作品强调精品意识，沙里淘金，把"有筋骨、有道德、有温度"的优秀诗词作品搜集起来。诗词评论、研究类资料强调理论性和创新性，应具有鲜明的个性特点，具有创建性的见解。集成类的资料应有一定的史料保存价值。总之，做成一套具有当代价值和历史意义的好书。在此，我们编委会人员，向提供资料、筛选编辑、版面设计、校对勘误，包括所有为这套资料付出辛勤劳动的同志们，表示真诚的谢意！

郑欣淼

二〇一九年七月于北京

序　言

　　《中华诗词文库·北京诗词卷》，继《近代卷》出版后，《现当代卷》又和读者见面了。这是一项重要的文化工程。自二〇〇九年，中华诗词学会发出编写《中华诗词文库·分省诗词卷》的通知至今，历时近六年时间，北京诗词学会经过不懈的努力，终于完成了这项填补历史空白的诗词编选任务。这是北京文化建设的组成部分，是诗词文化建设的又一丰硕成果。为了做好这项工作，二〇〇九年学会就成立了以老会长段天顺同志为主任的编委会。北京诗词学会经过多次研究，结合北京的特殊历史地位——历史上的政治文化古都、当今的政治文化中心、诗词文化底蕴丰厚、写诗的人士较多等特点，决定分近代、现代、当代三卷编选。近代卷出版后，在编选现、当代卷时，就遇到了不好划分的问题。不论是从出生年月，还是从诗词创作发表的时间，以及诗词所产生影响等方面考虑，都不便确定是划入现代还是当代。特别是一些在诗词发展中产生重大影响或是开国领袖的诗人，如柳亚子、郭沫若、毛泽东、周恩来、朱德、陈毅、董必武等等，都很难区分。对此，学会经过多次反复的讨论研究，最终决定将现、当代合编为一卷，分上、下两卷。这样较好地解决了这一矛盾，使之更符合实际。

　　一九一九年五四运动以后，新文化运动使白话文兴起，传统的旧体诗词受到极大的冲击。时至今日，主流媒体鲜有传统诗词的发表。从五四运动到一九四九年新中国成立，虽然只有短短的三十年，但中国历史上却是社会动荡、硝烟弥漫、波澜壮阔的年代。这样的社会现实更能激发诗人的情怀和感叹。因此，在这一时期，传统诗词虽受冷落，但仍有很多民主、爱国志士、文化名人创作了大量的诗词作品。他们悲愤、呐喊，关注社会，关注民生，呼唤民主，抒怀壮志，向往新生。毛泽东"谁主沉浮"的发问，尤震于耳，应是那个时代诗人们的追求。现代，时间虽短，诗亦有声。

新中国成立后，传统的旧体诗词仍是一片沉寂。这期间在民间虽有传播和创作，但不成气候。直到二十世纪九十年代，改革开放以后，全国各地相继成立了诗词组织，传统诗词又开始逐步走向繁荣。这正应了毛泽东的那句论断：格律诗词一万年也打不倒。北京作为首都，作为全国的政治文化中心，诗词自然也不例外。中华诗词学会已成为团结带领全国诗词组织和诗人扬帆远航的旗舰。《中华诗词》《北京诗苑》《诗国》《诗词之友》《子曰》等在全国有影响的诗刊都在北京。北京诗词学会已有两千多名会员，团体会员和联系的诗词组织已达四十六个。各部委、大专院校，驻京部队以及城乡、社区的诗词组织，更是聚集了一大批诗词爱好者。诗词讲座、培训、吟诵、创作活动蓬勃开展。北京诗词已见繁荣。这为当代诗词的选编提供了有利条件和坚实的基础。在选编当代卷的过程中除了遵循可入选北京卷的基本条件外，我们还确定了以下几条原则：一是诗词的质量，力求选精品。二是有影响的名人作品。三是当前活跃于诗坛的诗人作品。四是反映重大事件、时代特征的作品。尽管我们做了大量艰苦细致的搜集、遴选、甄别工作，但难免会有错漏的遗憾。

"野火烧不尽，春风吹又生"。进入二十一世纪，我国经济发展，社会稳定，人民生活逐渐富裕，社会主义文化日益繁荣。特别是以习近平同志为总书记的党中央，积极倡导优秀传统文化，犹如春风吹来，给传统诗词的发展注入了生机。我们有理由相信，明天，诗词的百花园将更加绚丽。

张桂兴

二〇一四年八月十日

前　言

本书是《中华诗词文库·北京诗词卷》（现当代·下）。

选录的是一九四九年十月一日后的北京本地诗人、中央机关和部队驻京单位诗人以及久居北京的外地诗人的诗歌作品。开国元勋等老革命家的作品则不论何时所作也都收入本卷。

北京地区的诗词文化底蕴深厚。建国以来，继承前代馀绪，诗词创作活动几经曲折，由低谷逐渐走向复兴，形成了当前百花齐放的局面。在这个过程中，应当说毛泽东同志起了承前启后的作用。在"文革"之前的几十年里，他首先提出了"百花齐放，百家争鸣"的文艺方针；以后又在臧克家率先创办的《诗刊》上发表了他的诗词作品；他给诗人臧克家、陈毅同志的信中，指出律诗要讲格律，诗词要用形象思维，要用比兴的方法，要同民歌相结合，等等。这些无疑给诗词创作指明了方向注入了新的活力。虽然如此，但由于历史的种种原因，尤其是"文化大革命"，传统诗词文化受到冷落，创作受到了一定限制。尽管如此，充满浩然正气的广大知识分子甚或是在运动中受到批判的当事人，在当时或事后仍然写出了他们心中的呼声，这是极为难得可贵的。这样的例子很多，其中突出的代表首推聂绀弩。他先是被打成"右派"，被送到北大荒劳改，"文化大革命"中又被打成反革命，入狱关押。他在条件恶劣的环境中写了大量闪光的诗词。他是当代诗坛别开生面，独树一帜的大家。他不拘泥格律，不守常规，以杂文方法、"阿Q精神"正面抒写自己不赞成的事物，而且语言犀利，入木三分。他的诗蕴含人世忧患沧桑，人生颠沛坎坷的悲愤之情，读了他的诗，一方面会称奇叫绝，一方面会潸然泪下。谁看了"把坏思想磨粉碎，到新天地作环游"（推磨），"一担乾坤肩上下，双悬日月臂东西"（挑水），"文章信口雌黄易，思想锥心坦白难"（挽雪峰）等类似的诗句，会不如此呢？应当说，他的诗实即"以诗代哭"。

说到北京地区诗词创作活动，不能不提一九七六年四月五日清明节天安门广场群众自发悼念周恩来总理逝世的事件。这既是广大群众悼念周总理悲痛心情的一次爆发，也是对"四人帮"表示极端痛恨的一次爆发，还是一次用诗词形式表达正义呼声的展现。突出的如青年诗人王立山的《扬眉剑出鞘》："欲悲闻鬼叫，我哭豺狼笑。洒酒祭雄杰，扬眉剑出鞘。"该诗影响巨大。当时"四人帮"诬"四五"天安门诗歌运动为反革命案件时，此诗被列为反革命诗第一首，并遭到追查和通缉。周总理是一位德高望重的国家领导人，一位伟大的马克思主义者，受到广大群众的热爱和崇敬，却受到"四人帮"的诬蔑和迫害，而且不准群众参加悼念。这次活动使"四人帮"怕得要死，恨之入骨，他们运用政治力量进行了残酷镇压。这次诗歌运动留下了《天安门革命诗钞》，留下了北京广大诗词爱好者的创作血迹，显示了古典诗词的战斗力量。这在北京地区乃至全国的诗词史上是值得大书特书的一件大事。

随着"文革"的结束，国家开始了新的发展步伐。平反冤假错案，为被错误镇压、处理的广大老干部和老知识分子恢复名誉；以经济建设为中心，实行改革开放政策。此后四十馀年来，国家发生了翻天覆地的变化。广大诗人同人民群众一样，看在眼里，乐在心里，用诗词作品抒发情怀，不断掀起诗词创作高潮。

在这个过程中，起了重大启蒙作用和示范作用的正是诗人毛泽东的作品。他的诗词大气磅礴，前无古人，开一代风气之先。很多诗词爱好者都是从学习毛诗开始学习写诗的，影响所及，无论怎么估量都不过分。一九七八年十月，北京以萧军为首的"野草诗社"率先成立，这在全国范围内也是比较早的；一九八七年五月，在全国各省市自治区大量成立诗社、诗词学会的基础上，中华诗词学会在北京成立；一九八八年三月，北京诗词学会随之成立。到目前为止，仅北京诗词学会系统，诗社已达四十六个，会员两千馀人。二十馀年来，北京诗词学会不断发展壮大。为提高会员创作水平，学会定期举行辅导讲座；编辑发行会刊《北京诗苑》和《诗词园地》；已经涌现不少创作人才，创作了数量可观的作品。学会要求会员继承和发扬"慷慨壮歌"燕赵诗风和有地方特色的京味竹枝词，也取得初步成效。学会名誉会长、北京著名诗人刘征先生（也是中华诗词学会名誉会长、《中华诗词》杂志名誉主编）曾获得中华诗词学会颁发的中华诗词"终身成就奖"。

除北京诗词学会系统以外，北京地区还有数量众多的中央国家机关、文化学术单位、大专院校和驻京部队的诗词爱好者，也都组建了各自的诗词组织，经常开展诗词创作活动，成效蔚为可观。

总之，目前北京诗坛的情况同全国各地一样，处于一个初步繁荣的阶段，这是可喜的。但是也存在一些问题。一是诗词创作所处的社会大环境有待优化。诗词组织作为民间社会团体，面临办公条件和经费困难；诗词组织建设和创作还没有引起足够的重视；诗词作品虽然可以在网络上和自己编印的书刊上发表，却很难进入正规的新闻媒体；诗词作品更没有进入大专学生的考试范围，也没有在现代文学史上占据一席之地。二是作品的质量参差不齐，大量诗词爱好者的作品还有待提高；而有些诗人则耽于泥古，不愿意与当前时代结合，不愿反映广大群众关心的问题。凡此种种，都有待于广大诗友和全社会的进一步努力，任重而道远。最后用一首《北京诗坛》的小诗作为结束：

耳际犹闻易水寒，雄师又见下江南。

千年古韵源头活，一代豪情宇宙宽。

愿降尧天濡厚德，更期圆梦赋长安。

百花园里京华秀，缀绿铺红正好看。

执行主编　柳科正

二〇一四年于北京

目　　录

毛泽东

（1893-1976）字润之，湖南湘潭人。中华人民共和国主要缔造者，1921年参加中国共产党第一次全国代表大会。曾任中共中央委员会主席，中华人民共和国中央人民政府主席，中央军事委员会主席。著有《毛泽东选集》《毛泽东诗词选》等。

沁园春·长沙

独立寒秋，湘江北去，橘子洲头。看万山红遍，层林尽染；漫江碧透，百舸争流。鹰击长空，鱼翔浅底，万类霜天竞自由。怅寥廓，问苍茫大地，谁主沉浮。　　携来百侣曾游，忆往昔峥嵘岁月稠。恰同学少年，风华正茂；书生意气，挥斥方遒。指点江山，激扬文字，粪土当年万户侯。曾记否，到中流击水，浪遏飞舟。

1925 年

忆秦娥·娄山关

西风烈，长空雁叫霜晨月。霜晨月，马蹄声碎，喇叭声咽。　　雄关漫道真如铁，而今迈步从头越。从头越，苍山如海，残阳如血。

1935 年

长　征

红军不怕远征难，万水千山只等闲。

五岭逶迤腾细浪，乌蒙磅礴走泥丸。

金沙水拍云崖暖，大渡桥横铁索寒。

更喜岷山千里雪，三军过后尽开颜。

1935 年

念奴娇·昆仑

横空出世，莽昆仑，阅尽人间春色。飞起玉龙三百万，搅得周天寒彻。夏日消溶，江河横溢，人或为鱼鳖。千秋功罪，谁人曾与评说。　　而今我谓昆仑：不要这高，不要这多雪。安得倚天抽宝剑，把汝裁为三截。一截遗欧，一截赠美，一截还东国。太平世界，环球同此凉热。

1935 年

沁园春·雪

北国风光，千里冰封，万里雪飘。望长城内外，惟馀莽莽；大河上下，顿失滔滔。山舞银蛇，原驰蜡象，欲与天公试比高。须晴日，看红装素裹，分外妖娆。　　江山如此多娇，引无数英雄竞折腰。惜秦皇汉武，略输文采；唐宗宋祖，稍逊风骚。一代天骄，成吉思汗，只识弯弓射大雕。俱往矣，数风流人物，还看今朝。

1936 年

周恩来

（1898-1976）字翔宇，原籍浙江绍兴，生于江苏淮安。中华人民共和国主要缔造者和领导人之一。1921年参加中国共产党，曾任中央军委副主席、国务院总理、全国政协主席。著有《周恩来选集》等。

春日偶成二首

（一）

极目青郊外，烟霾布正浓。
中原方逐鹿，博浪踵相踪。

（二）

樱花红陌上，柳叶绿池边。
燕子声声里，相思又一年。

1914 年

送蓬仙兄返里有感（三首录二）

（一）

东风催异客，南浦唱骊歌。
转眼人千里，消魂梦一柯。
星离成恨事，云散奈愁何。
欣喜前尘影，因缘文字多。

（二）

同侪争疾走，君独著先鞭。
作嫁怜侬拙，急流让尔贤。
群鸦恋晚树，孤雁入寥天。
惟有交游旧，临歧意怅然。

1916 年

大江歌罢掉头东

大江歌罢掉头东，邃密群科济世穷。
面壁十年图破壁，难酬蹈海亦英雄。

1917 年

朱　德

（1886-1976）字玉阶，原名朱代珍，四川仪陇人。中国共产党、中国人民解放军和中华人民共和国的主要缔造者和领导人之一。中华人民共和国十大元帅之首。1922年参加革命，曾任中央红军总司令、八路军总司令、中国人民解放军总司令、中央人民政府副主席、中央军委副主席、全国人大常委会委员长。著有《朱德诗词集》。

悼左权同志

名将以身殉国家，愿拼热血卫吾华。
太行浩气传千古，留得清漳吐血花。

1942年

和郭沫若同志《登尔雅台怀人》

回顾西南满战云，台高尔雅旧情殷。
千村沦落悲三楚，四位英雄丧廿军。
北国翻新看后劲，东邻隙越可先闻。
内忧外患澄清日，痛饮黄龙定约君。

1944年

感事八首用杜甫《秋兴》诗韵（录一）

冀中战况

飒飒秋风透树林，燕山赵野阵云深。

河旁堡垒随波涌，塞上烽烟遍地阴。

国贼难逃千载骂，义师能奋万人心。

沧州战罢归来晚，闲眺滹沱听暮砧。

1947 年

游七星岩

七星降人间，仙姿实可攀。

久居高要地，仍是发冲冠。

开心才见胆，破腹任人钻。

腹中天地阔，常有渡人船。

1959 年

游鼓山

鼓山高耸闽江头，面貌威严障福州。

纵有台风声猖獗，从来不敢到闽侯。

1961 年

彭德怀

（1898-1974）原名得华，号石穿，湖南湘潭人。共和国十大元帅之一。是中国共产党、中华人民共和国与中国人民解放军的卓越领导人之一。1928年领导平江起义，曾任红一方面军司令员、八路军副总指挥、解放军副总司令、中国人民志愿军司令员兼政委、中央军委副主席、国务院副总理兼国防部长。著有《彭德怀自述》《彭德怀军事文选》等。

题　诗

一九四九年，兰州灭继援。
红旗向西指，春风笑昆天。

赠李志强

庐山雾重风萧萧，挂甲离京十里遥。
平生戎马无暇日，老来偷闲学种桃。

刘伯承

（1892-1986）原名明昭，重庆开县人。共和国十大元帅之一。是中国共产党、中华人民共和国与中国人民解放军的卓越领导人之一。1927 年领导南昌起义。曾任军委参谋长、八路军第一二九师师长、第二野战军司令员、中央军委副主席、解放军军事学院院长兼政委。

赠友人

园林春色满，仕女踏青时。
诚恐名花落，匡扶不上枝。
峨山沉雪里，欲往滞犍为。
君自家山问，琅琅回有诗。

1924 年春

记羊山集战斗

狼山战捷复羊山，炮火雷鸣烟雾间。
千万居民齐拍手，欣看子弟夺城关。

1947 年

贺　龙

（1896-1969）原名贺文常，字云卿，湖南桑植人。共和国十大元帅之一。1927年参加领导南昌起义。曾任红二方面军总指挥、八路军第一二〇师师长，晋绥军区、西南军区司令员，中央军委副主席，国务院副总理兼国家体育运动委员会主任。中国人民解放军的创建人和主要领导者之一。

为晋绥烈士塔题词

吕梁苍苍，汾水洋洋。
烈士英灵，山高水长。

1948年

陈　毅

（1901-1972）字仲弘，四川乐至人。共和国十大元帅之一。1922 年参加革命。参加了南昌起义。中央红军长征时留在南方坚持游击战争。曾任新四军代军长、军长，华东野战军司令员、第三野战军司令员兼政委、中央军委副主席、国务院副总理兼外交部长，全国政协副主席等。著有《陈毅诗词选集》。

三十五岁生日寄怀

大军西去气如虹，一局南天战又重。
半壁河山沉血海，几多知友化沙虫。
日搜夜剿人犹在，万死千伤鬼亦雄。
物到极时终必变，天翻地覆五洲红。

1936 年

梅岭三章

（一）

断头今日意如何？创业艰难百战多。
此去泉台招旧部，旌旗十万斩阎罗。

（二）

南国烽烟正十年，此头须向国门悬。
后死诸君多努力，捷报飞来当纸钱。

（三）

投身革命即为家，血雨腥风应有涯。
取义成仁今日事，人间遍种自由花。

1936 年

六国之行（录一）

万里西行急，乘风御太空。
不因鹏翼展，哪得鸟途通。
海酿千钟酒，山栽万仞葱。
风雷驱大地，是处有亲朋。

徐向前

（1901-1990）别名徐向谦，山西五台人。中国人民解放军的缔造者之一，共和国十大元帅之一。1927年参加广州起义，曾任红四方面军总指挥、八路军第一二九师副师长、华北军区副司令员兼第一兵团司令员兼政委、解放军总参谋长、国务院副总理兼国防部长、中央军委副主席、全国人大常委会副委员长。著有《历史的回顾》等。

忆响堂铺之战兼贺抗战胜利四十周年

巍巍太行起狼烟，黎涉路隘隐弓弦。

龙腾虎跃杀声震，狼奔豕突敌胆寒。

扑天火龙吞残虏，动地军歌唱凯旋。

弹指一去四十载，喜看春意在人间。

1985年

聂荣臻

（1899-1992）字福骈，四川江津人。中国人民解放军创建人和领导人之一，共和国十大元帅之一。1922 年参加革命，参与领导南昌起义和广州起义，曾任红一军团政委、八路军第一一五师副师长和政委，华北军区司令员、副总参谋长、代总参谋长、国务院副总理兼国家科委和国防科委主任，中央军委副主席，全国人大常委会副委员长。

吾非石达开

大渡河流险，吾非石达开。
飞兵天际至，历史不重来。

1935 年

忆平型关大捷

集师上寨运良筹，敢举烽烟解国忧。
潇潇夜雨洗兵马，殷殷热血固金瓯。
东渡黄河第一战，威扫敌倭青史流。
常抚皓首忆旧事，夜眺燕北几春秋。

叶剑英

（1897-1986）字沧白，广东梅县人。共和国十大元帅之一。青年时期追随孙中山参加民主革命，参与创办黄埔军校并参加北伐，1927年参加中国共产党，同年参与领导广州起义，曾任红三军团参谋长、中央军委参谋长、八路军参谋长和副总参谋长、军事科学院院长、中共中央军委副主席、全国人大常委会委员长，中共中央副主席。著有《远望集》等。

看方志敏同志手书有感

血染东南半壁红，忍将奇迹作奇功。
文山去后南朝月，又照秦淮一叶枫。

1940 年

寄续范亭司令并呈怀安诸老（录一）

孙陵碧血长青苔，阿斗昏庸事可哀。
剩有残躯效李牧，雁门关外杀敌回。

1941 年

虞美人·赠陈毅同志

串连炮打何时了，官罢知多少。赫赫沙场旧威风，顶住青年小将几回冲。严关过尽艰难在，思想幡然改。全心全意一为公，共产宏图大道正朝东。

1966 年

远 望

忧患元元忆逝翁，红旗飘渺没遥空。
昏鸦三匝迷枯树，回雁兼程溯旧踪。
赤道雕弓能射虎，椰林匕首敢屠龙。
景升父子皆豚犬，旋转还凭革命功。

1965 年

八十抒怀

八十毋劳论废兴，长征接力有来人。
导师创业垂千古，侪辈跟随愧望尘。
亿万愚公齐破立，五洲权霸共沉沦。
老夫喜作黄昏颂，满目青山夕照明。

1977 年

胡耀邦

（1915-1989）湖南浏阳人。1930年加入中国共产主义青年团，同年到湘赣革命根据地工作。1957年任中国共产主义青年团中央第一书记。1980年2月中共十一届五中全会上当选为中央政治局常委、中央书记处书记、中央委员会总书记。

赠李锐同志

延水创伤甚，庐山复蒙羞。
犟劲终不悔，雕虫度春秋。
狂歌妖雾扫，拨乱竟同俦。
胸中浪潮涌，笔下蛟龙游。
调反三峡坝，言争九派流。
潇湘一冷月，青光耀斗牛。

致萧克同志

寂寞沙场百战身，青史盛留李广名。
夜读将军罗霄曲，清香伴我到天明。

1988 年

为贺晋年墨竹画题诗

直节生来劲，高标老更刚。
流莺恣大笛，吹散鬓边霜。

1988 年

赠贺晋年夫妇

伏枥年华老却龄，拼将铁骨付丹青。
丹青特爱梅和竹，赚得清香满玉庭。

江泽民

（1926 年 8 月生）江苏扬州人。上海交通大学电机系毕业。曾任中国共产党中央委员会总书记，中华人民共和国主席，中国共产党中央军事委员会主席，中华人民共和国中央军事委员会主席。

浣溪沙·记国庆卅五周年

俊玲同志索句于余，现以去岁记国庆卅五周年旧作《调寄浣溪沙》书赠留念。

昼夜欢腾沸广场，红旗银镜放新光。开屏孔雀上天堂。屋脊荧屏欣会聚，中华儿女共欢狂。革新电子要先行。

七绝二首

（一）

寒江雪柳日新晴，玉树琼花满目春。
历尽天华成此景，人间万事出艰辛。

（二）

又是神州草木春，同商国计聚京城。
满堂共话中兴事，万语千言赤子情。

1998 年 3 月 19 日

园　竹

　　欣逢庚辰春节，回首过去岁月峥嵘，瞻望未来征途犹长，值此新春之际书七律一首以明心志。

小园静静碧湖边，阅尽沧桑数百年。
夏响青篁冬悦雪，昼巡红镜夜观天。
民生最念狂风后，世事常思细雨前。
把卷南窗桑梓月，鞠躬尽瘁为苍黔。

朱镕基

（1928 年 10 月生）湖南长沙人。1949 年 10 月加入中国共产党。1998 年 3 月至 2003 年 3 月任国务院总理。中共第十三届中央候补委员，十四届、十五届中央委员、中央政治局委员、常委。

重访湘西有感并怀洞庭湖区

湘西一梦六十年，故地依稀别有天。
吉首学中多俊彦，张家界顶有神仙。
熙熙新市人兴旺，濯濯童山意快然。
浩浩汤汤何日现，葱茏不见梦难圆。

李瑞环

（1934 年 9 月生）天津宝坻人。1987 年任天津市委书记，十三届四中全会增选为中央政治局常委、中央书记处书记，第五届全国人大常委会委员。第八、九届全国政协主席。

温州感怀（四首录三）

（一）

十五年前到温州，姓氏名谁论不休。
官员害怕走错路，百姓担心路回头。

（二）

古稀之年旧地游，新兴城市遍地楼。
改革发展是榜样，瓯城美誉满全球。

（三）

转瞬再过十五年，诸君健在我难还。
后人谈及今日事，何为鬼来何为仙。

习近平

（1953年6月生）生于北京，陕西富平人。1974年1月加入中国共产党，清华大学人文社会学院马克思主义理论与思想政治教育专业毕业，在职研究生学历，法学博士学位。现任中国共产党中央委员会总书记、中共中央军事委员会主席、中华人民共和国主席、中华人民共和国中央军事委员会主席。

军民情

挽住银河洗天青，闽山闽水物华新。

小梅正吐黄金蕊，老榕先搁碧玉心。

君驭南风冬亦暖，我临东海情同深。

难得举城作一庆，爱我人民爱我军。

【注】

作品原载于1991年1月13日《福建日报》。

念奴娇·追思焦裕禄

中夜，读《人民呼唤焦裕禄》一文，是时霁月如银，文思萦系……

魂飞万里，盼归来，此水此山此地。百姓谁不爱好官？把泪焦桐成雨。生也沙丘，死也沙丘，父老生死系。暮雪朝霜，毋改英雄意气！　　依然月明如昔，思君夜夜，肝胆长如洗。路漫漫其修远矣，两袖清风来去。为官一任，造福一方，遂了平生意。绿我涓滴，会它千顷澄碧。

【注】

作品原载于1990年7月16日《福州晚报》。

许德珩

（1890-1990）字楚生，江西德化人，曾任九三学社中央委员会主席，全国人民代表大会常务委员会副委员长等职。译有《社会方法论》等。

悼马寅初先生

先生归道山，上寿百零一。平生疾腐恶，人民共呼吸。息烽受奇辱，愤然以对敌。深谋与远虑，人口增长急。先忧天下忧，哲人其萎矣。悼念痛心怀，万众齐饮泣。

1982 年 5 月

梁希同志诞辰一百周年

寿君一百岁，辞世念五年。林业创先河，教育启后贤。科普人怀旧，诗词我忆前。九三同事日，融融长者颜。正直不阿谀，箴箴如甘泉。德行后世法，品学山之巅。山之巅兮水之崖，我思君兮泪潸然。

1983 年 5 月

许宝驯

（1895-1982）女，字长环，号耐圃。浙江杭州人。曾与其夫俞平伯合作撰写《古槐书屋词》。

望江南·忆旧（四首录二）

（一）

江南好，家住在湖楼。桃李争妍堤上路，齐櫓双桂百年留，香满月华楼。

（二）

苏州好，随父访名园。山石嵯峨穿曲径，画楼烟雨凭栏干，花草自清妍。

1974 年

萧 三

（1896-1983）原名萧子暲。湖南湘乡人。早年曾去法国、苏联学习。中华人民共和国成立后，任全国文联委员，中国作家协会书记处书记。有《伏枥集》《萧三诗选》等。

海南全岛话东坡

海南全岛话东坡，书院庙堂今若何。
流芳经年遭遇舛，文章满腹牢骚多。
朝廷自古多昏聩，黎庶当年更坎坷。
笠履画图凭仰慕，流风馀韵且搓磨。

成仿吾

（1897-1984）湖南新化人。早年留学日本，五四运动后同郭沫若等创办"创造社"和一些文学刊物。1928 年在巴黎参加中国共产党，1931 年回国后，历任中共鄂豫皖省委宣传部长、中央苏维埃政府委员，参加了长征。以后曾任陕北公学校长、华北联合大学校长、东北师大校长、山东大学校长、中国人民大学校长等职。中共七大、八大、十二大代表，第一至第五届全国人大代表、第五届政协常委。

鄂豫皖纪行（录五）

红 安

一别红安五十春，重来如梦到山城。
多少英豪赴国难，犹记倚门长叹声。

长 冲

叛徒走后记长冲，联络各方大有功。
劫后重来多不识，花生一束慰老翁。

黄柴畈

炮火连天黄柴畈，会议讨论军行踪。
叛徒一去全颠倒，哪记当年西与东。

天台山

此地一别太匆促，重来风雨四十年。
但愿天台长健美，山清水秀在人间。

鄂豫皖

三年战斗在此地，劫后重来无故人。
多少英雄尽瘁去，山河依旧露深情。

周谷城

（1898-1996）湖南益阳人。曾任中山大学、暨南大学、复旦大学等校教授，全国人大常委会副委员长，农工民主党名誉主席，继钱昌照之后任中华诗词学会第二任会长。著有《中国通史》《世界通史》《史学与美学》《诗词小集》等。

赴湘访革命圣地

今年有梦到长沙，不似孩提惯忆家。
胜水名山非旧貌，精神气魄焕新华。
渊源南溯培根柢，主义东来放好花。
万国工农争景仰，喜看遗泽润天涯。

敬读成蹊同志诗有感

作诗以言志，所志不平凡。
既涉湘江水，还登岳麓山。
伤心怀烈士，血泪逼毫端。
信是董狐笔，纵横诗史间。

参观新安江水库

薄暮乘轮作小游，新安景色眼前收。
拦洪有术山成海，发电无虞水不流。
果证更生凭自力，花开灿烂为民留。
亚非人动翻身感，老马神功贯五洲。

采桑子·寓楼写实

天高气爽楼安泰，龙凤朝阳，人坐秋光，谈
笑风生翰墨香。古今纵论兼中外，不讲排场，但
飨同行，万品争妍发众芳。

【注】

此首写于1976年粉碎"四人帮"之后。

祝中华诗词学会成立

技术欣闻革命来，岂期文运亦鸿开。
诗词本是抒情体，格律何妨创作材。
莫再谦称传谬种，敢将敦厚育英才。
群龙有首贞逢吉，会友从兹树讲台。

楚图南

（1899-1994）云南文山人。作家、翻译家。曾任暨南大学、云南大学、上海法学院教授。中华人民共和国成立后历任北京师大教授、民盟中央主席等职。著有《楚图南集》《难忘三迤》等。

登临古长城

塞野高风招国魂，崔巍万里古长城。
功标青史传今昔，血染黄沙泣鬼神。
壮烈干戈伤往事，交欢玉帛启时人。
堡堠登临怀斯世，天下一家永太平。

临黄河赞祖国

浩荡黄河水，蜿蜒似龙翔。华夏发祥地，文明启曙光。三皇辟草莱，五帝德弥彰。轩辕创基业，百代颂炎黄。嫘祖始衣帛，养蚕复植桑。尧舜公天下，推位让贤良。大禹疏九河，万姓始安康。殷商始建国，文物灿辉煌。岐原兴周伯，地跨东南疆。春秋与战国，百家美名扬。嬴秦大统一，书轨同四方。汉唐相继起，威武震八荒。宋元明清世，国势递弛张。辛亥建共和，外寇逞豪强。工农大起义，四九立新邦。全民齐声颂，宏猷庆永昌。前程灿如锦，国运万年长。

经曲阜重游孔庙

文运宗齐鲁，儒学传九州。阙里诞圣哲，乱世逢孔丘。救民于水火，列国任周游。时衰道不行，开门弟子收。整理古诗史，奇文万代流。有教无类别，杏坛同进修。陋巷许颜回，好勇训子由。穷居自慎独，达为天下谋。笃道而好学，勉力孺子牛。爱人且敬信，临危无怨尤。心清神自阔，天地与同俦。我今瞻廊庙，遗教重探求。取精去糟粕，宏旨昭千秋。皇皇华夏胄，不忘天下忧。仁义挽时运，马列奠新猷。和平与进步，玉帛代干矛。诸法皆平等，十方众香稠。天下成一家，万民乐悠悠。

1987 年 9 月

吴文祺

（1901-1991）笔名吴敬铭，浙江海宁人。原复旦大学教授，中华人民共和国成立前曾在北平大学任教。著有《资治通鉴选注》等。

沉痛悼念沈雁冰同志五首（录二）

（一）

燕台握手几经秋，语重心长话旧游。
岂料拂衣辞世去，难禁老泪溢双眸。

（二）

六十年前意气投，鸡鸣风雨忆同舟。
西湖风月成前梦，歇浦洪涛豁远眸。

唐　兰

（1901-1979）号立厂，又作立庵，曾用名唐佩兰，浙江嘉兴人。文字学家、金石学家、历史学家。原故宫博物院学术委员会主任。论文有《智君子鉴考》《天垠阁甲骨文存》等百馀篇。

咏史十六首（录三）

（一）

江河万古自汤汤，不信人琴遂俱亡。
树欲安宁风不息，十年三倒本先伤。

（二）

报导分明众有辞，混淆黑白孰为之。
不凭说服凭威慑，须念防川有决时。

（三）

无端触怒执今吾，碑下丹墀有血涂。
尔拥权威休滥用，我含热泪哭无辜。

1976 年初夏

【注】

写于天安门群众悼念周总理被"四人帮"镇压时。

陈友琴

（1902-1996）字琴庐，安徽南陵人。曾任北京大学文学研究所副研究员，中国社会科学院文学研究所研究员。著有《温故集》《长短集》《晚清轩文集》等。

洛阳龙门谒白香山墓

昔诵白公诗，今谒白公墓。龙门石窟对香山，多少游人表企慕。伊川鸣咽八节滩，滚滚波涛惧颠簸。誓开险路作通津，舟子征人额手贺。忧饥悯冻念农桑，贯彻终始是主课。公之诗篇传异邦，讽谕闲适兼感伤。秦中吟与新乐府，搏击宁畏避豪强。琵琶一曲青衫湿，千秋词客为回肠。当时或以纤艳诮，蚍蜉撼树不自量。我昔苏杭寻遗迹，今幸老健来洛阳。暮年闲适非吾愿，且向坟前酹一觞。

自北京乘飞机去日本东京中得七绝一首

云海苍茫万里明，碧空展翅一机轻。
三千公里寻常事，俯仰乾坤结两京。

一九八〇年初春登景山

八十年交第一春，万春亭上独吟身。
登高喜拨迷人雾，眺远乍惊野马尘。
如带女墙宫阙壮，闪冰北海镜光新。
何须觅醉元宵节，喜有茶煎雪后薪。

黄克诚

（1902-1986）湖南永兴人。1925年加入中国共产党，大将军衔。参加了湘南起义。曾任东北野战军副司令员兼后勤司令员、政委，军委秘书长，总参谋长，国防部副部长，中央纪委第二书记。著有《黄克诚自述》《黄克诚军事文选》等。

自　况

少无雄心老何求，摘掉纱帽更自由。

蛰居矮屋看世界，漫步小园度白头。

书报诗棋能消遣，吃喝穿住不发愁。

但愿天公勿作恶，五湖四海庆丰收。

【注】

1958年庐山会议上，黄克诚被诬陷为彭德怀反党集团和军事俱乐部的重要成员，罢官后闲居所作。

江城子·忆彭德怀

久共患难自难忘。不思量，又思量。山水阻隔，无从话短长。两地关怀当一样。太行顶，峨眉冈。　　犹得相逢在梦乡。宛当年，上战场。军号频吹，声震山河壮。富国强兵愿必偿。且共勉，莫忧伤。

【注】

1965年作者到山西工作时,怀念当时在西南三线工作的彭德怀,因有此作。

蝶恋花·桃花

满树桃花红烂漫，一阵狂风，吹掉一大半。落地残红何足羡，且待来年看新瓣。人间变化千千万，升降起落，犹如急流泛。天翻地覆大转换，英雄转瞬成坏蛋。

【注】

到山西工作不久,"文化大革命"开始,作者无端入狱,囚室外有桃花一株,作者感而赋此。

阳翰笙

（1902-1993）原名欧阳本义，字继修，四川高县人。1949
年后曾任中国文联秘书长、副主席等职。编剧、戏剧家、作家，
中国新文化运动先驱者之一，著有《中国海的怒潮》《逃亡》等。

悼念赵丹同志

战斗情深五十年，几经风雨共危艰。
艺坛巨匠悲凋谢，永教群众说阿丹。

致周扬、夏衍

1975 年 7 月 20 日被释放回家后。

（一）

故人或死或伤残，我亦同悲有沉冤。
拷打折磨逼供信，黑手岂能遮晴天。

（二）

封建法西逞凶顽，寿昌惨死夏公残。
生死两地同风雨，是非功过任人谈。

【注】

"文化大革命"中，"四人帮"诬陷周扬、夏衍、田汉（寿昌）、阳翰笙是"资产阶级文艺黑线"的代表，对之残酷打击，田汉惨死狱中，夏衍被殴打致残。

"四·五"书愤（五首录二）

（一）

是非功过何须问，惨别泪流摧我心。
故人忠骨天涯遍，敢信鸣冤后有人。

（二）

悼念总理犯何罪，群魔乱舞皮鞭飞。
捏造舆论欺天下，青史岂能无是非。

【注】

1976年1月8日周恩来总理逝世。4月5日广大群众不顾"四人帮"反对，集聚天安门广场，用大量诗歌悼念周总理，"四人帮"诬之为"反革命事件"，群众遭到残酷镇压。"四人帮"被粉碎后，有人将其辑为《天安门革命诗钞》。

过旭初

（1903-1992）安徽人。著名围棋家，"棋圣"聂卫平曾从之学棋。曾任全国政协文化俱乐部围棋指导员、北京棋院顾问、北京市文史研究馆馆员。

萧劳诗翁乔迁兼九旬晋二寿辰志贺

萧叟诗文今泰斗，岂但才高德亦高。
嗜杜嗜梅名早著，擅诗擅字老尤豪。
从知仁者多身健，自识贤英异口褒。
我欲手谈翻暂禁，恐因悬劫触牢骚。

悼宋温善

国弈天才出少年，楸枰百战至今传。
瞿塘怕问东流水，一现昙花感逝川。

聂卫平连胜五位日本超一流围棋大师志盛

开口称四事，书画与琴棋。可以养心性，手谈最相宜。我与卫平交，忘年但论艺。六年解千局，早卜于蓝喜。室内下子声，终日常不寂。卫平资聪颖，好学尤称异。静常如深渊，动则似霹雳。维时火云烘，聂子飞渡东。一连克五将，为国立大功。最是日大将，大竹擂台师。胜之诚非易，中日誉纷驰。一局定乾坤，一雪千载耻。东京银座旁，棋台画里藏。樱花红陌上，柳叶绿飘扬。二君初布子，观客去忙忙。风云悉敛迹，恐扰清静场。厥后共战鏖，奕秋罕其妙。用巧复用奇，生龙活虎肖。结局三目胜，观客鼓掌笑。谓从五岳归，众山不足眺。

冯雪峰

（1903-1976）浙江义乌人。著名文艺理论家，曾任人民文学出版社社长兼总编辑。著有《雪峰的诗》《雪峰寓言》《雪峰论文集》等。

探　日

夸父欲探日出处，即行与日竞奔波。
直朝旸谷飞长腿，不惜身躯掷火煱。
饮尽渭黄不止渴，再趋北泽死其阿。
英雄建业都如此，血汗曾流海不枯。

张 报

（1903-1996）原名莫国史，广西扶绥人。曾任职《救国时报》（在巴黎出版），后曾在新华社、中共中央马恩列斯著作编译局工作。离休后任野草诗社社长、中华诗词学会常务副会长。

读《离骚》怀屈原（二首）

（一）

愁国哀民一志丹，吟成绝唱泪阑干。
诗人若再生今世，不写离骚写合欢。

（二）

世浊独清苦问天，汨罗自溺古今怜。
索求美政人间换，竞渡齐划四化船。

出国抒情

舐犊情深亦丈夫，越山探望小於菟。
儿孙本是炎黄种，骨肉何区黑白肤。
历史长河虽曲折，人民友谊不凋枯。
无须临歧勉思蜀，自有冰心在玉壶。

谒列宁墓

霜钟伴我进红场，参谒元戎夙愿偿。
浮世风云多变幻，导师神态自安详。
真经赫绩千秋颂，伟大平凡一体彰。
璀璨岩岗光四射，克宫咫尺隔高墙。

鹧鸪天·团聚

盛夏葵花向日开，寻根儿女到京来。三人两
代欣团聚，五十余年第一回。惊逝水，喜成才，
愧无舐犊巧安排。你们都是炎黄种，共筑和平友
谊台。

聂绀弩

（1903-1986）湖北京山人。1934 年加入中国共产党。新中国成立后曾任中南区文教委员会委员，中国作家协会理事，香港《文汇报》总主笔，人民文学出版社副总编辑，古典部主任等。有《聂绀弩杂文选》《散宜生诗》等。

挑　水

这头高便那头低，片木能平桶面漪。
一担乾坤肩上下，双悬日月臂东西。
汲前古镜人留影，行后征鸿爪印泥。
任重途修坡又陡，鹧鸪偏向井边啼。

推　磨

百事输人我老牛，惟余转磨稍风流。
春雷隐隐全中国，玉雪霏霏一小楼。
把坏心思磨粉碎，到新天地作环游。
连朝齐步三千里，不在雷池更外头。

周婆来探后回京

行李一肩强自挑，月光如水水如刀。
请看天上九头鸟，化作田间三脚猫。
此后定难窗再铁，何时重以鹊为桥。
携将冰雪回京去，老了十年为探牢。

挽雪峰

狂热浩歌中中寒，复于天上见深渊。
文章信口雌黄易，思想锥心坦白难。
一夕尊前娄尾酒，千年局外烂柯山。
从今不买筒筒菜，免忆朝歌老比干。

【注】

雪峰指冯雪峰。

读李锐《怀念十篇》

多文为富更多情，心上英雄纸上兵。
是泪是花还是血，频揩老眼不分明。

柏仰苏

（1904 年生）笔名西鲁。蒙古族，北京市人。曾在中国农科院工作。青海省农林厅离休干部。

杂事二首

（一）

平生快意事，中秋登太华。攀跻北峰顶，投宿道人舍。长空无渣滓，万绿月光下。群山静如海，清辉金碧射。夜深众籁寂，唯闻松涛泻。恍临太古世，大哉此造化。

（二）

陶翁儒家彦，苏子诗中豪。每读二公集，不啻饮醇醪。中秋难沾酒，重阳未持螯。开卷似会意，欣然百虑消。祖国三千年，遗产甚昭昭。深幸生斯土，吾辈真天骄。

1972 年

惊　蛰

惊蛰酷寒尽，冰消大地春。
华颠思故里，彩笔颂祥麟。
莫道人情险，难辞腊酒醇。
昔年登太华，肝胆尚嶙峋。

1975 年

许幸之

（1904-1991）江苏扬州人。著名导演、表演艺术家、画家、
美术评论家。早年两度留学日本。先后参加"左联""剧联""美
联""文总"等左翼文化活动，并参加北伐革命。历任华中鲁艺、
中山大学、上海剧专、南京剧专、社会主义教育学院、中央美术
学院教授，"文革"后任国务院参事。曾创作《铁蹄下的歌女》
等作品。晚年加入野草诗社。

挽阮玲玉之死

绝代影星愤世辞，含冤饮恨断相思。
银屏丽影人初现，梦断魂消玉碎时。
巨片垂成身受辱，人言可畏毁芳姿。
此生仅握佳人手，笑语轻盈相见时。

陈毅同志颂歌之抗日诱敌（录三）

（一）

抗日指挥新四军，日寇闻风胆颤惊。
坚持敌后游击战，大江南北震威名。

（二）

黄桥一役驱顽伪，以寡胜多敌胆丧。
创建江淮根据地，河山处处是疆场。

（三）

敌舰连营水上攻，神机妙算现神通。
面授机宜临前线，空村诱敌显英雄。

魏文伯

（1905-1987）湖北黄冈人。1926 年加入中国共产党。次年参加南昌起义。后任中共北平市委秘书长、山西省委秘书长、中共中央华东局民运部部长和秘书长。新中国成立后历任华东分署检察长、中共上海市委书记、中共中央华东局书记、中共中央纪委副书记兼秘书长、司法部部长和党组书记。1983 年被补选为中共中央顾问委员会委员。著有《松下诗选》等。

花 落

花落花开自有期，上台终有下台时。
长途跋涉防迷路，一举一言仔细思。

1970 年 4 月于监护所

重阳思家

一番秋雨一番凉，万木萧萧落叶黄。
群雁南归明月夜，一年一度又重阳。

冯 至

(1905-1993) 原名冯承植，字君培，河北涿州人。现代诗人，翻译家。早年留学德国，回国后历任西南联大外语系教授、北大西语系教授。1955 年被选为首批中国科学院学部委员，1964 年任中国社会科学院外国文学研究所所长。著有《昨日之歌》《伍子胥》《十年诗抄》等。

题列子

愚叟移山坚壮志，邻人失斧破唯心。

芟除魏晋玄虚语，始见民间智慧深。

1972 年

楼适夷

（1905-2001）原名楼锡春，浙江余姚人。现代作家、翻译家、出版家。早年参加革命，历任人民文学出版社副社长、副总编辑、顾问，《译文》编委。著有《适夷诗序》《挣扎》等。

仙人球

寂寂庭前性自幽，块然不与众芳侔。
从无媚骨亲流俗，赖有锋棱辟寇仇。
鳞角岂求供识赏，鸡虫孰敢相蹦蹂。
奇花一日乘仙去，独鹤翩翩云上游。

1962 年

爱新觉罗·溥仪

（1906-1967）即清宣统帝，满族，爱新觉罗·载沣之子。1911 年辛亥革命后退位。1964 年任全国政协第四届委员。

遇赦回京

京华不是旧京华，莫向东陵问种瓜。
三十五年归故国，春风吹入帝王家。

1959 年

乌兰夫

（1906-1988）曾用名云泽、云时雨，化名陈云章。内蒙古土默特左旗人，蒙古族。1925 年由共青团转入中国共产党。历任内蒙古军区司令员兼政委，国务院民族事务委员会主任，中共内蒙古自治区党委第一书记，国务院副总理，国家副主席。

为纪念长征胜利五十周年而作

共话长征忆昔年，朝朝塞北望江南。
行踪奇正敌围破，信息浮沉民意牵。
捷报迅传逾朔漠，义师响应度阴山。
此生留得豪情在，再作长征岂畏难。

1986 年

张崇文

（1906-1995）浙江临海人。原铁道兵政治部副主任，少将军衔，第五届全国政协委员。

参加黄桥决战四十周年纪念有感

黄桥决战四十周，陈粟当年巧运谋。

红旗漫卷民情沸，白马长嘶敌焰收。

苏中户户迎新曙，金陵瑟瑟怨新秋。

老兵重来鬓如雪，军歌犹自响心头。

廖沫沙

（1907-1991）原名廖家权，湖南长沙人。新中国成立后先后任中共北京市委宣传部副部长、教育部部长、北京市政协副主席、全国政协委员。1966年5月和邓拓、吴晗被错定为"三家村反党集团"，遭到迫害。1979年平反。著有《申报自由谈》，与邓拓、吴晗合写《三家村札记》。

高冲云霄

题吴作人画

卅载凌云志，今朝上碧霄。
晴空无限广，展翅任逍遥。

嘲吴晗并自嘲（"文革"中）

书生自喜投文网，高士于今爱折腰。
扭臂栽头喷气舞，满场争看斗风骚。

读史偶感

盛会筵开上碧宫，长缨起舞入云空。
苍龙未缚蜉蝣笑，暮死朝生一梦中。

1978年

哭邓拓、吴晗同志

岂有文章倾社稷，从来佞幸覆乾坤。

巫咸遍地逢冤狱，上帝遥天不忍闻。

海瑞罢官成惨剧，燕山吐凤化悲音。

毛锥三管遭横祸，我欲招魂何处寻。

1979 年 3 月

爱新觉罗·溥杰

（1907-1994）字俊之，满族，清朝末代皇帝爱新觉罗·溥仪的弟弟。生前为中国书法家协会名誉理事，全国人大民族委员会副主任委员。

破阵子·香山早秋

我爱香山秋色，宵来一夜初霜。万点枫林红胜染，风流桂气半天香，浑似入仙乡。岫影云融层翠，菊芳目夺娇黄。心旷云亭千里外，陌阡无际接苍茫，游目骋怀忙。

1956 年

客 怀

净涤征尘释旅装，徘徊负手步楼廊。
望中溪柳垂新绿，到处山花度暗香。
异地客情春欲暮，恼人天气日初长。
不如痛饮千杯酒，醉里乾坤是我乡。

1961 年

道　中

宿醉酣眠宵榻稳，初晴欣仰曙霞红。

相随书剑飘蓬似，不尽关山一路中。

周道马蹄分晓露，长空鹰翼搏秋风。

天南地北游踪遍，招我青帘到处同。

1962 年

西山八大处登高

且喜退公重九日，悠然安步尽情游。

径通玉塔千年寺，菊飐金风万点秋。

列肆待沽新野店，扪碑善辨古经楼。

妻孥携得茱萸酒，高酌层栏最上头。

1962 年

秋郊即兴

苔软横桥水一湾，此身疑置画图间。

红黄霜染高低树，浓淡云分远近山。

野寺殿头啼鸟宿，夕阳牛背牧童还。

携筇信步忘归路，入眼青帘破笑颜。

1964 年

戴伯韬

（1907-1981）号白桃，江苏丹阳人，教育家。抗战中任华中建设大学副校长。新中国成立后任上海市教育局长、人民教育出版社总编辑。是第三届全国人大代表，全国政协第一、五届委员会委员，中国共产党第八届全国代表大会代表，中国教育学会副会长、全国教育学研究会理事长。

纪念陶行知

毕生心血向尘寰，事业文章岂百年。

再著芒鞋寻至理，两遭通缉任艰难。

谨防毒手函徒众，冷对屠刀理教言。

最是火传薪尽处，嘱咐颅顶向延安。

钱俊瑞

　　（1908-1985）中国经济学家，江苏省无锡人。新中国成立后历任北京大学教授、教育部副部长、文化部副部长等职。是第一、二届全国人大代表，第五至第六届全国政协常委。著有《中国国防经济建设》《现今中国土地问题》等。

看话剧《于无声处》有感

惊雷未必起无声，滚滚南京到北京。
万丈爱憎倾决口，最强音在天安门。

民主和科学

德赛二公体气差，神州九亿正需他。
喜看民主墙头草，顿作满园铁树花。

【注】

　　1978年2月作者观看反映丙辰清明节"天安门事件"的话剧《于无声处》后所作。

曹 瑛

（1908-1990）湖南平江人。原任中共北京市委秘书长，第四届全国政协常委、中共中央顾问委员会委员。北京诗词学会副会长，著有《五味集》。

浪淘沙·愿台湾归回祖国

心绪总萦回，对景难排。金门在望更伤怀。寄语台胞亲骨肉，何日归来。　　往事等尘埃，捐弃疑猜。神州十忆笑颜开。祖国声声频召唤，莫教徘徊。

献忠心·哀悼周恩来同志

巨星惊陨落，大地欲沉沦。天地暗，日月晕，磊落光明质，坚贞不拔身。山河在，功业存，永垂青。　　栋梁摧折，大厦濒倾，孰扛九鼎。谁负千钧。看全民挥泪，举世同泣，晓前寂，雷无声，君且听。

齐　光

（1908 年生）辽宁沈阳人，又名齐景文。1936 年参加中国共产党。原国家文物管理局副局长。中华诗词学会副会长，北京诗词学会顾问。

八十述怀

未解征鞍五十年，白云黄鹤往复还。
秦头楚尾歼穷寇，黑水白山扫凶顽。
黄水岸边起钢市，巴山脚下学耕田。
春蚕不死丝未尽，奉献馀生更向前。

廖承志

（1908-1983）广东惠阳人。无产阶级革命家、社会活动家。曾任国务院侨办主任、党组书记，全国人大常委会副委员长。

浪淘沙·望北城

窗外雨潇潇，泪湿冰绡。凭栏望断北城遥，白发慈母如在目，妻婉儿娇。往事作烟消，乍觉无聊。倒书姓字听魂招，梦见御沟花瓣出，流到荒郊。

虞 愚

（1909-1989）浙江山阴人，原名德元，字佛心，号北山。1956 年虞愚被调到北京撰述斯里兰卡佛教大百科全书中有关中国古代专著条目，同时兼任中国佛学院教授。后任中国社会科学院文学、哲学研究所研究员等职。著有《灵白室诗钞》等。

追怀鲁迅先生敬次其诗韵

健笔纵横忆昔时，百年国事感梦丝。
彷徨独坐擎天柱，呐喊频麾反帝旗。
巨著波澜开左翼，孤灯肝胆照新诗。
横眉气直千夫靡，落落乾坤一布衣。

陈嘉庚先生逝世二十周年写此寄慕

华侨旗帜堂堂在，民族光辉万古新。
病榻犹论天下事，丰碑争仰斗南人。
海滨邹鲁饶馀地，乡社春秋及此辰。
依旧鳌园弦诵里，故山遥想碧嶙峋。

谒黄花岗七十二烈士之墓，同中国逻辑史研究会诸代表

小立碑前礼国殇，千秋浩气自堂堂。
神州缔造思当日，南海相寻到此岗。
毅魄在天终不死，雄姿与世久争光。
人间云雨多翻覆，惟有黄花晚节香。

郑成功收复台湾三百二十周年献辞

驱除荷寇矢忠肝，奋臂何辞渡海难。
战垒潮生沙尽白，故山鹤返井浮丹。
闻风顿起前人废，抗志能嘘大地寒。
带砺河山终一统，高歌慷慨靖狂澜。

读廖承志副委员长致蒋经国先生书

台澎隔绝卅年馀，薄海争传一纸书。
民族精神终久大，故人意气未萧疏。
共商国是宁容缓？莫中他谋欲疾呼。
从此休论阋墙事，应凭肝胆照寰区。

孙克定

（1909-2007）江苏无锡人。数学家和教育家。1930年参加革命，中科院系统所研究员，中国数学会秘书长，中关村诗社名誉社长，北京诗词学会顾问。

贺陈景润同志新婚

学术早成家，惜无贤内助。我从庐山归，喜讯欣流布。难得女华佗，身心堪调护。莫道成亲晚，端因科研故。君业益精勤，君名金石固。四海已蜚声，君自守平素。长征道路遥，伉俪互关注。勉哉攀高峰，迈进不停步。

杨采衡

（1909-1996 福建连城人。曾任新四军军部教导总队教官。原国家地质部水文地质研究所所长、水文局副局长和顾问。曾是老战士诗文集编委会主编，北京诗词学会顾问。

文武全才冠古今

——纪念周总理诞辰九十周年

文武全才冠古今，人民总理爱人民。道德文章垂后代，高风亮节铭群心。建党建军建政府，留欧留日留声明。鞠躬尽瘁铸模范，憎爱分明树典型。黄浦怒涛冲腐臭，南昌起义飘红旌。三月春潮庆胜利，一生正气放光明。骊山喜剧握关键，遵义会议早播音，万隆发扬五原则，非亚深交万里行。指点宏图催四化，规划决策求和平。殊勋伟绩千秋诵，笑貌音容万载新。朝鲜岚山表敬意，两尊铜像胜纯金。军民永恸一月八，青史不朽记清明。心花束束沾灰彩，画册张张润眼睛。华族长思好总理，全球敬仰真伟人。剑斩妖魔张正气，龙飞天下起风云。十二大迅雷激浪，老百姓振奋欢欣。大地迎春生瑞草，花丛斗艳撒芳馨。扬名北海九龙壁，耀武长城细柳营。有声有色舞台上，发热发光老中青。大力改革加速度，紧抓开放更殷勤。三军正规现代化，百业兴盛人热情。宣扬科学成风尚，教育英才立雄心。颂诗敬献周总理，伟大精神传子孙。

赵伯华

（1909 年生）北京通县人。原任北京托运业副主任、民主建国会常委、崇文区政协常委等职。崇文书画研究会会员，嘤鸣诗社社员。

中秋赏月

桂子飘香袭座前，嫦娥起舞九重天。
晴空万里悬明镜，大地千家设盛筵。
景物遥观晴快爽，风光远眺竟超然。
爷孙散步瞻秋色，子媳偕行话月圆。

庆祝新中国成立四十周年

建国巍峨四十年，神州圣手拨云天。
廓清鬼蜮殷忧患，驱逐蛮夷伙霸权。
羞煞病夫终雪耻，尊严华胄气昂然。
于今十亿升平祝，昆胤图强竞后先。

张中行

（1909-2006）原名张璇，学名张璿，河北香河人。著名学者，哲学家，文学家。1935 年北京大学中文系毕业，曾任中学、大学教员。新中国成立后在人民教育出版社任编辑，特约编审。著作有《负暄琐话》《禅外说禅》《顺生论》等十馀种。诗作有《说梦草》。

偶有机会

乾坤同化育，万类各悠悠。
柳絮因风起，桃花逐水流。
马嘶芳草岸，人在木兰舟。
即事多玄会，应无杞士忧。

1975 年

满庭芳·乡里上元

月恋花幡，星迷火树，绣襦罗带飘香。万家空室，街巷变歌场。社鼓频催舞队，鞭声骤，彩袖轻扬。重檐下，丝萝有约，细语尽商量。凄凉。曾暗记，青钱坠袋，看会崔黄。任笙箔彻夜，曲径徜徉。几见粉墙朱户，灯影里，玉面红妆。流年度，蓝桥梦断，惆怅鬓毛苍。

1976 年

《负暄琐话》完稿有感

姑妄言之姑听之，夕阳篱下语如丝。
阿谁会得西来意，烛冷香消掩泪时。

1984 年

晚　春

布谷声声第几枝，年年陌上说相思。
清宵又惹江南梦，细雨横塘缓棹时。

1986 年

闻张志新因持己见遭惨杀愤成

四海闾阎颂志新，只今青史记红裙。
洪涛动地谁忘我，大木支天自属君。
草檄明心仍独醒，书箴淑世未前闻。
刑场碧血应犹在，白马何方吊宿坟。

1989 年

曹 禺

（1910-1996）原名万家宝，字小石，湖北潜江人。戏剧家，原北京人民艺术剧院院长。著有《雷雨》《日出》等著名作品。

题"巴金国际学术讨论会"

千古文章事，巴金是我师。探索追沧海，真言若磐石。落笔岂随感，剖心执火炬。相识六十载，白头更坦直。匆匆几回聚，悠悠梦寐思。

蔡若虹

（1910-2002）原名蔡雍，笔名雷萌，江西九江人。新中国成立后，历任《人民日报》美术编辑、文化部艺术局副局长，全国美术家协会副主席。

水调歌头·南天一柱

海上乌云合，长空响乱弦。又是寒流偷袭，风卷浪涛喧。莫怨沧溟倏变，自有暖春丽日，想与共周旋。阴晴分久暂，揭晓在时间。盘陀石，水中出，硕而坚。不管朝朝暮暮，月月与年年。任你风狂浪恶，看你潮升潮落，其奈我仍然。女娲千古志，一柱立天南！

1961 年

定风波·答友人

不学抛砖学卖瓜，自家甘苦自家夸。荏苒年年谁共事，同志，镰刀麻袋小推车。　　踏遍长阡心不老，蛮好，归来捉笔漫涂鸦。若把诗情比风月，难说，半天云雾半天霞。

1974 年

艾思奇

（1910-1966）云南腾冲人。哲学家。1935年参加中国共产党，历任中共中央高级党校哲学教研室主任、副校长，中国哲学会副会长等职。著作有《大众哲学》《哲学与生活》等。

游华山

奇拔峻秀五岳冠，古庙重重云雾间。
本是人民血汗建，何来魑魅伎乐天。
幸有英雄能智取，遂无魔怪舞翩跹。
江山既已为人役，我辈来游咸尽欢。

1959 年

文怀沙

（1910 年生）生于北京，斋名燕堂，号燕叟，祖籍湖南。新中国成立后曾在人民文学出版社工作，现为中国诗书画研究院名誉院长。著有《屈骚流韵》。

隔　岸

残山星月暗，剩水漏更长。
隔岸繁灯火，光辉不渡江。

无题二首

（一）

昨夜分明梦见之，碧纱窗外雨丝丝。
悄看玉镜相逢晚，暗对金樽欲语迟。
终是骄矜终是怯，故应憔悴故应痴。
春风又拂谁家院，秾李夭桃自入时。

（二）

萧郎去后小桥东，依旧帘栊曲曲通。
深巷不留车马住，中庭已分展裙空。
羿妃得药宁奔月，嬴女能仙准御风。
填海精禽终负负，前尘影事太迷朦。

挽聂绀弩二绝句

（一）

危坐读君通塞诗，游天戏海有馀思。
从来大德生为用，百遍重寻绎散宜。

（二）

才性由来不自知，只今犹似畅谈时。
旧新新旧千重变，又值清明雨似丝。

刘瑞龙

（1910-1988）江苏南通人。新中国成立后历任农业部常务副部长、党组副书记、华东局农委主任等职，全国人大常务委员。

悼念国家名誉主席宋庆龄

女中人杰，千古一人。
赞襄中山，三策以兴。
怒斥叛逆，革命忠贞。
人民开国，屡建功勋。
热爱儿童，泽及后昆。
高风亮节，万代流馨。

林　林

（1910-2011）原名林仰山，福建诏安人。现代作家、诗人。原对外文化联络委员会司长，对外友协书记处书记、副会长，中华诗词学会副会长。

远游四首

泰姬陵吊沙杰汗

难把哀愁付近江，姬陵伫望到昏黄。
连枝比翼情犹在，月下银须有泪光。

金字塔

胡夫尸埋万石坑，魂灵却欲上天庭。
神船插翅难飞去，只作黄粱梦呓声。

罗马斗技场

斗士随时变死尸，皆为贵族一欢娱。
千仇万恨何能忍？想见斯巴达克斯。

登巴黎高塔

高塔攀登慰我心，名都远景眼前临。
纵难动手晨星摘，却幸作为天上人。

黄肃秋

（1911-1989）吉林榆树人。1932年毕业于燕京大学国文系。历任国家文化部编审处、人民文学出版社编辑，国际政治学院、中国人民大学中文系教授。中国作家协会会员。著有诗集《爱与血之歌》《寻梦者》等。

喜品桑落酒

河东芳酿久超群，白堕香醪天下闻。
今日饮君桑落酒，酒中独此最清芬。

1981年元月

徐邦达

（1911-2012）字孚尹，号蠖叟，浙江海宁人。1950年调北京国家文物局，主要从事古书画的鉴定工作。原故宫研究室研究员，著有《古书画鉴定概论》等。

临江仙·戊午东五羊城作

说甚珠江波浩渺，五层楼外行踪。花浓溪碧掩洋冬，相寻难采撷，豆子可怜红。　　翠柏孤芳终绝世，南枝寂寞谁同。梦回肠断赵师雄，罗浮空月色，仙影隔房栊。

1978年

浣溪沙

辛酉春小住颐和园藻鉴堂，忽得周玉老来书，有蠖伸蠖屈之论，为之绝倒，因答以小词。

古木周遭藻鉴堂，几年风雨补亡羊，蠖伸蠖屈岂寻常。　　老我应藏山一角，伊人宛在水中央，晚晴雅语立前窗。

高阳台·游沈阳后金旧殿庭，还谒东福、北昭二陵墓有作，辛酉五月

金水长源，燕关古堞，当年立马横戈。缟素三年，胥庭泣为青蛾。茅茨仿佛华饰，比天王代什蛮佗。谒千秋，剑气销沉，陵庙嵯峨。　　沙陀亚子能绳武，信分旗典制，尚说馀波。玉座虚陈，清宁一枕南柯。东瞻北顾雄风歇，只行人指点铜驼。更销凝，深院莓苔，落日烟莎。

鹧鸪天·一九七九年己未春，桂湖谒杨升庵祠

一碧湖塘映小山，天香未落况春寒。丹铅四百才非易，金岛盈千路亦难。　　捐皓首，左红颜。簪花跅弛藐人间。夷歌棘舞通遗爱，望断金鸡诏不颁。

杨植霖

（1911-1992）内蒙古土默特左旗人。历任中共西北局书记处书记、青海省委第一书记、甘肃省委书记、全国政协常委、中央顾问委员会委员等职。曾为中华诗词学会常务副会长，晚年长住北京，著有《王若飞在狱中》等。

兰州诗词学会题辞

陇原聚会望寰瀛，海内华章灿若星。
惟冀它山石攻玉，诗声万里看飞鹏。

唐音未远且追攀——唐代文学会感怀（录一）

一代清词风骨香，千年遗韵重三唐。
从来创业思垂统，何忍精华弃道旁。

徐懋庸

（1911–1977）浙江上虞人。早年参加革命。新中国成立后，任中共武汉大学党委书记、副校长，中南文化部副部长、教育部副部长，中国科学院哲学研究所研究员等职。著有《徐懋庸杂文集》。

菩萨蛮

纱窗划作阴阳界，楼高不见阳光晒。窗外响惊雷，窗中拨死灰。　　死灰犹蓄热，热意向谁说。无计诉东风，灵犀只暗通。

1966 年

摸鱼儿

最销魂，摧残春色，清明时节风雨。初春才把红梅瘗，未尽余哀缕缕。又只见，一片片、杜鹃花落归黄土。赏心何处，乱点缀春光，蝶羞蜂懒，杨白花狂舞。　　怜花意，不敢风前微露。知他萧艾工妒。夜深独向空枝吊，偶听隔垣私语！芒种过，更烈日严霜，相逼多辛苦。愁怀谁诉，纵待得明春，花还新发，白发添无数。

1976 年

黄万里

（1911-2001）祖籍上海，著名教育家和水利学家。1937 年获得美国伊利诺伊大学香槟分校工程博士学位，是第一个获得该校工学博士学位的中国人。后出任清华大学水利系教授。

一剪梅·三莅南昌

余尝三度到南昌：三七年驾车自南京到南昌，上庐山迎娶，而去长沙；四七年受江西省聘规划赣江流域水利；六九年到南昌鲤鱼洲开荒种地。

记得年轻过豫章，新妇凝装，裘马清狂。壮年奉使到南昌，谋治章江，意气轩昂。头白三临新豫章，劳力开荒，四季农忙。昨非今是细思量，老了容光，换了心房。

1971 年

【注】

写于"五七干校"。

虞美人·三叩潼关

少年驰走潼关道，风日华山好。壮年奉使叩函崤，寻壑经丘窈窕逐低高。　老来三顾关河杳，九曲黄流绕。秦川渺渺没波涛，万里奔沙谁与掣蛟鳌。

1972 年春

一面俯首听批，一面竭思治黄

江郎才尽冯唐老，哪有雄谋济众生。
未悟庄周飞蝶意，且从列子御风行。
当年郑国徒劳敌，今日曾参诬杀人。
遥望秦川空洒泪，及身难报圣农恩。

1973 年

"右派"改正后七八年十月南行，和从弟清士赠诗

少壮离乡老返迟，合欢有弟兴催诗。
同根长忆相亲处，隔世难忘总角时。
惧谤从来不成器，立功须待展承基。
拼将心力残年献，天道无亲不我欺。

张西帆

（1911-2012）河北肃宁人。曾任解放军华北军区军械部部长、北京卫戍区副司令等职。原北京市书法家协会副主席、中国老年书画研究会副会长、北京诗词学会顾问。

读萧克同志《浴血罗霄》

罗霄劲翼搏长空，往复盘旋神鬼惊。
五十春秋记血碧，一篇诗史状纵横。
岂惟净土宣良政，更愿武装拓民兵。
晦日阴风终过去，红光青影永峥嵘。

柳　倩

（1911-2004）原名刘智明，四川荣县人。1932 年筹办中国新诗歌会，新中国成立后加入中国作家协会。20 世纪 80 年代任中国书协常务理事，北京市书协副主席。著有《柳倩诗词选》。

云冈石窟

几见龙门石刻多，云冈万象创先河。
武周塞穴开千络，北魏遗风历坎坷。
诸佛犹然经劫运，吾侪何许自寻魔。
山川顿改旧时貌，宝窟珍存自不磨。

黄河第一峡

源自青海来，东奔涌不归。
桥横添景美，库净使人迷。
巫峡诚雄健，黄河更险奇。
平湖出高峡，处处漾涟漪。

雪　梅

雪映红梅斗艳开，熊熊烈火树间来。
披霜独对三冬野，特立奇行动众怀。

题墨牡丹

色浓每觉好风光，花淡唯欣笔墨香。
雅态逸风关不住，一枝得意上高墙。

胡乔木

（1912-1992）本名胡鼎新，江苏盐城人。曾任新华社社长、人民日报社社长、中宣部副部长，是 1981 年中共第十一届六中全会《关于新中国成立以来党的若干历史问题的决议》的主要撰笔人。历任中共中央委员、中央书记处书记、中央政治局委员、全国人大常委、中央顾问委员会常务委员、中共中央党史工作领导小组副组长、中国社会科学院院长及名誉院长。有《中国共产党三十年》《关于社会主义和异化问题》等专著。

"七一" 抒情

如此江山如此人，千年不遇我逢辰。
挥将日月长明笔，写就雷霆不朽文。
指顾崎岖成坦道，笑谈荆棘等浮云。
旌旗猎猎春风暖，万目环球看太平。

历经春夏共秋冬，四季风光任不同。
勤逐炎凉看黄鸟，独欺冰雪挺苍松。
寒虫向壁寻残梦，勇士乘风薄太空。
天外莫愁迷道路，早驱彩笔作长虹。

1965 年

有所思（四首录三）

（一）

七十孜孜何所求，秋深深未解悲秋。
不将白发看黄落，贪伴青春事绿游。
旧辙常惭输折槛，横流敢谢促行舟。
江山是处勾魂梦，弦急琴摧志亦酬。

（二）

少年投笔依长剑，书剑无成众志成。
帐里檄传云外信，心头光映案前灯。
红墙有幸亲风雨，青史何迟辨爱憎。
往事如烟更如火，一川星影听潮生。

（三）

几番霜雪几番霖，一寸春光一寸心。
得意晴空羡飞燕，钟情幽木觅鸣禽。
长风直扫十年醉，大道遥通五彩云。
烘日菜花香万里，人间何事媚黄金。

1982 年

端木蕻良

（1912-1996）原名曹京平，满族，辽宁昌图人。新中国成立前曾任大学教授，新中国成立后任北京市作协主席、中国作协理事。著有《母亲》《憎恨》《大江》等。

为杨绛造像题句

虎年犹忆叱牛年，痛定难平往事煎。
卧雪公桌连广厦，偷光私狱当嫏嬛。
醒来恍对伏尔泰，梦去还参好了禅。
绛草绛云还绛帐，三生占尽亦奇缘。

1986 年

《曹雪芹》中卷书后

十年黄叶饮秋霜，岂有狂歌动地凉。
欲补苍天天未补，寒烟终古在潇湘。

江边锁梦绿凝烟，欲问空空已渺然。
遗石人间成底事，潇湘竹泪惹斑斑。

1983 年

郭维城

（1912-1995）满族，辽宁义县人。曾任张学良将军机要秘书，原中国人民志愿军铁道兵指挥所司令员，铁道部副部长、部长。1955 年被授予少将军衔。

怀念张学良将军（录五）

（一）

捉蒋放蒋复送蒋，千古绝唱世无双。
若非当年西安谏，焉有今日汉家邦。

（二）

概乎智愚见不同，蒋公离陕竟背盟。
此身虽已陷缧绁，世人谁不仰高风。

（三）

花落花开年复年，英雄赍志枉逃禅。
曷当悲剧翻喜剧，得见将军去又还。

（四）

为争自由失自由，枉被幽禁五十秋。
且喜身心俱健泰，甘心重作孺子牛。

（五）

昨夜东风海上来，两岸坚冰渐解开。
愿君重鼓当年勇，再登华岳抒情怀。

钱 菜

（1912 年生）字西园，上海嘉定人。原北京诗词学会编辑。著有《石鼓新探》。

赠日本樋川好美贤契学成归国

书风东渡喜交流，瀛海人归记忆留。
莫道萍踪成一瞬，墨香长共友情稠。

北京市花月季

首善京师地，花开月月红。
群芳推表率，佳卉冠幽丛。
色韫桃腮妒，香浓蕙蕊融。
燕台春永驻，风物四时同。

北京市花秋菊

三径近重阳，人间爱晚香。
高风无媚骨，劲节傲寒霜。
采撷怀陶令，餐英吊屈殇。
盛名驰北阙，好景共秋长。

石西民

（1912-1987）浙江浦江县人。解放战争时期，任新华社和《解放日报》副总编。新中国成立后曾任国家文化部副部长、党组副书记，国家出版事业管理局局长。著有《时代鸿爪》《报人生活杂忆》等。

访友人

畅谈不觉日迟迟，鸟唱梅花窗外枝。
闻道每惭胸臆塞，听歌犹觉壮心驰。
文章事业如鹏举，风雨姑苏入梦思。
沉醉江南云外客，红楼依旧昔来时。

1964 年

狱中吟二首

（一）

消息无端久失闻，何曾垂老畏风尘。
方思秋壑开红叶，定卜春郊遍绿茵。
此际胸怀尤胜昔，当年战友倍相亲。
两间劫历三千数，始见金刚不坏身。

（二）

酷喜悲歌慷慨声，龙泉三尺夜犹鸣。
意横敢顶千钧压，霹雳应效万蛰惊。
富贵浮云难入梦，江山妩媚总关情。
欢娱每自沉哀始，此意从来未易明。

【注】

作者在"文革"中受到迫害，被关押狱中八年之久。

哭陈其五同志

愿倾银河水，洗君芳洁身。
情由憾怍起，愤厌左炎深。
"文革"同罹难，时危共见真。
灵前凝立久，风雨一昆仑。

看昆剧《牡丹亭》赠蔡瑶铣

清歌一阕颂青春，九死钟情梦里人。
愿倩名优描伟业，而今豪杰正扬尘。

林默涵

（1913-2008）原名林烈，福建武平人。文艺理论家。曾任中宣部副部长、文化部副部长和党组书记、全国文联党组书记。著有文集《在激变中》《浪花》等。

夜读史

春宵漠漠一灯残，展卷浑忘破晓寒。
百代绮罗馀寂寞，万重金粉尽阑珊。
诗怀有忿和忧写，青史无情带笑看。
喜听荒鸡鸣大野，攀天硕鼠泣危竿。

1967 年

秋日登临

客中病起上高台，秋入江南草半衰。
燕市云浓家不见，长江水远雁稀来。
篱边菊笑陶公醉，泽畔歌吟屈子哀。
人说丰城藏剑地，青锋何日出尘埋。

1975 年

【注】

在江西"五七干校"时作。

题小照

炎凉历尽复何求，默坐烟郊对老牛。

风雪十年罗浩劫，江流九派洗沉忧。

岂无黄土埋忠骨，自有青山伴白头。

远望隔江垂暮色，夕阳红破一天秋。

1976 年

【注】

在"五七干校"劳动时与人合影。

陈啸原

（1913 年生）江苏苏州人，长居北京。擅昆曲，好诗文，曾任郭沫若秘书。

哭淦哥

同是京门客，蹉跎岁月居。
处堂多燕雀，别梦到华胥。
天劫留仁者，魔癌夺命余。
长空闻雁唳，枕湿夜窗虚。

记　梦

蘧然一觉夜钟迟，倒计韶光喜亦悲。
梦里那分人与鬼，胸中难割剑和诗。
忽传紫陌风尘起，不信金鳌权势移。
力挽狂澜于既倒，遥看星际吐春熙。

度假怀柔山庄

清风竹韵弄笙簧，山色依稀暮色苍。
叫月杜鹃喉血冷，卧花蝴蝶梦魂香。
苟全性命于明世，苦短年华望小康。
舞榭歌台争粉墨，城狐社鼠竞登场。

乔冠华

（1913-1983）江苏建湖人。早年留学德国，获哲学博士学位。1946 年赴香港，担任新华社香港分社社长。中华人民共和国成立后，历任外交部部长助理、外交部副部长、外交部部长等职。1976 年后，任中国人民对外友好协会顾问。

重游滇池

滇池依旧映西山，千字长联绿竹间。
遍地山花诚可喜，旧游零落亦心酸。

1974 年

鸡虫斗

笑看鸡虫斗，惶惶无已时。
无如小窗里，卧读辋川诗。

有感·笑答含之

长夜漫漫不肯眠，只缘悲愤在心田。
何时得洗沉冤尽，柳暗花明又一天。

1978 年

怀李灏

长忆寒山寺，江枫映火明。
何时一杯酒，促膝话生平。

1980 年

左漠野

（1913 年生）原名铁铮，湖南岳阳人。1935 年毕业于北京师范大学教育系。曾任中央人民广播电台台长，《当代中国广播电视》主编。

十年诗草

秋风萧瑟遍天涯，黄褐纷纷不是花。

两鬓星霜青眼在，好从零落盼繁华。

旧雨相逢不点头，各人皮里有阳秋。

磨刀莫转鸿毛念，刻上心头恩与仇。

一歌一舞一皮黄，文化班头竞上场。

笑骂由他浑不怕，梳妆头面拜娘娘。

残酷斗争犹逊色，无情打击更无情。

前车三覆长征道，仍恐沉舟在"左倾"。

【注】

诗咏"文化大革命"中见闻。

洪　流

（1913 年生）原名洪骏，浙江杭州人。1938 年去延安鲁艺学习，历任延安《解放时报》、新华社记者，铁道部第一工程局政治部宣传部部长，中国铁路文协副主席。

重返延安

五十春秋白鬓稀，铮铮铁骨一布衣。
虽然夕照黄昏近，馀热生辉世所需。
死生荣辱何所惧？小米步枪窑洞居。
只为人民求解放，海枯石烂志不移。

舒其昌

（1913年生）字隐之，安徽庐江人。曾任教于北京市通县第一中学。著有《东游诗集》《隐之诗稿》。

京郊菜农

寒雪盈郎府，坚冰塞运川。远郊飞鸟绝，田野麦苗蔫。十二大棚列，万千气象骞。青苗何莫莫，紫菜乃翩翩。蜜叶藏茄暗，疏花锁甦妍。黄瓜荚豆嫩，红柿秦椒鲜。莴苣灌泉润，冬菇生木旋。独蜂采不尽，诸客乐陶然。客问几人种？主云两壮年。夫谙木艺巧，妇种地溪边。三载粮耕厌，一心园技专。勤劳操菜业，生计甚周全。巨雨震天地，奔潦泻陌阡。垣棚成砾土，园地化池渊。妇恸生重疾，夫伤百虑煎。悲怀触患难，胸臆郁缠绵。伫立忾长叹，晨宵泪涕涟。苍天乃降厉，人菜胡不怜。县府怜民瘼，宣召救灾笺。支援信用贷，选派技师员。平售种肥药，发来粮布棉。沉疴延医治，外出告归还。夫邀盈眶泪，妇怡沉疾痊。邀来亲友至，恢复旧园田。垣舍重修整，菜棚相接连。终朝且种理，午夜不遑眠。采撷如刀剪，积堆似坻巅。重车离菜地，盈袋入都廛。全岁耕耘获，非收千万圆。输租农致富，事国爱民先。

黄苗子

（1913-2012）广东中山人。美术评论家、书法家、作家。历任人民美术出版社编辑、中国美术家协会理事、中国书法家协会常务理事，第五、六、七届政协全国委员会委员。著有《美术欣赏》《古美术杂技》《牛油集》等。

江神子·题《四蟹图》

郭索江湖四霸天，爪儿尖，肚儿奸，道是横行曾有十来年。一旦秋风鱼市上，麻袋裹，草绳拴。釜中哪及泪阑干。一锅端，仰天翻，乌醋生姜同你去腥膻。胜似春光秋菊茂，浮大白，展欢颜。

1976 年

闻散翁喜讯

著书真拙稻粱谋，传贴宁输快雪优。
昨夜老君丹火灭，炉中逃出瘦猕猴。

1976 年

放歌题永玉白描玉簪花大卷

宴罢瑶池绿萼华，淡装扶上碧云车，山谷老人发奇想，道是醉里遗簪突兀化此花。高山有好女，平地有好花，人间冶逸夸季女，琼姿玉貌追明霞。忽如白娘子盗仙草，白鹤仙童斗不倒；忽如红梅阁下舞精魄，飞霜舞雪浑身缟。猴王昔与瑶池宴，定海神针描一遍，归来以稿献永玉，大笑掷之忽不见。皓月皎，罗衣薄，无端照眼花成图，羽衣千载重霓裳，素描气煞毕加索！

1982 年

菩萨蛮·题《不倒翁图》

东西南北团团转，是非黑白何须管。风好护袍红，红袍护好风。　丁聪一幅画，裱好墙头挂。好个会心人，宜嗔却转颦？

1984 年

偶　有

偶有凌云志，谁知不敢飞。

梦萦丧家狗，魂滞落汤鸡。

帽忆闲中乐，蛙喧是与非。

老妻怜志短，劝买太空衣。

1985 年

冒舒湮

（1914 年生）本名冒景琦，蒙古族，江苏如皋人。曾任中国人民银行总行编译室主任，金融研究所研究员等职。中国作协会员。著有《万里烽烟》《扫叶集》等。

过白帝城

峡气萧森白帝城，江流石转地天宁。
茅庐枉对三分策，帷幄徒劳一统麈。
病榻叮咛遗诏在，青宫尽瘁赤心贞。
君臣一德呼牛马，空叹猇亭万里征。

琼华岛

凌波水玉滞春归，无复仙山倒影垂。
昔日琼楼歌舞地，半城钟鼓送斜晖。

黄树则

（1914 年生）天津市人。曾任北京医院院长、中央卫生部副部长。著有《春晖春草集》。

山村新景

积雪才消草似茵，回峦曲径走羊群。
山连水库新开路，柳绕梯田又见村。
劳动欢腾春意重，家庭整洁朴风存。
如今不只足温饱，医药随时送上门。

周而复

（1914-2004）原名周祖式，安徽旌德人。著名作家、书法家。文化部原副部长。著有长篇小说《上海的早晨》。散文集《火炬》等。

题蒲松龄故居

东鲁蒲公笔有知，文章风采欲匡时。
精灵竞作人间语，莫说新坟鬼唱诗。

1981 年

德语专家乌韦索句

凝望遥天抚酒杯，莱茵扬子共萦回。
马恩故里春光照，巨匠家门画卷开。
海涅激情随雨过，歌德烦恼逐云来。
天涯纵远人相近，友谊青松万手栽。

1981 年

采桑子·题屈原行吟图

行吟古国沅湘水，多少离骚。一部离骚，骤雨蛮缠不折腰。　　探源求索天难对，郢下风涛。江上惊涛，沙石沉埋诗更娇。

1982 年

菩萨蛮·东坡赤壁

苏公瘦马黄州雪，七分江色三分月。梅竹泛崇光，东坡一雪堂。　　烽烟无觅处，赤壁千秋赋。断岸听涛声，凭江寄远情。

1982 年

石明远

（1914-2005）山东莒县人。曾任中科院哲学社会科学部语言研究所党委书记兼副所长。

悼傅世友

灵前子女泪如泉，天亦动情遣雨怜。
不惜残躯相慰吊，友朋争说傅公廉。

江树峰

（1914-1994）原名江世伯，笔名隐琴、南鸿，别署京华梦翰斋主人，江苏扬州人。晚年久居北京，曾任中华诗词学会理事，著有《梦翰诗词钞》。

徐悲鸿画马歌

熟读杜甫画马诗，悲鸿画马乃出奇。九方皋为伯乐继，识马巨眼如电犁。尤以奔马飞腾势，竹批双耳四蹄离。将军骢马来向东，庆有神驹立大功。徐公之马大宛种，建国前后汗血耸。写真骠马传世人，雄师矫健向南征。偶然写马病到骨，奔波劳瘁堪怜惜。推崇骏骐别有神，识才今日允为重。丹青引上曹霸笔，洗尽万古凡马空。陈秀之为新伯乐，神州处处安振东。新绿长城连塞外，马群骧首走崆峒。诗画由来情甚密，千年传统美家风。

廖光臣

（1914-1990）江西龙南人。家住北京，原铁道兵部队高级
工程师。

夜　投

月黑投村急，一灯古渡头。
战士家处处，今夜宿渔舟。

祝南疆铁路建成通车

天山南北喜融融，铁路百年一旦通。
戈壁滩连八达岭，从今大漠笑春风。

嘉峪关

雄扼西秦第一关，军行到此一登攀。
长城东去万馀里，大雁南飞五岳山。
昔日烽烟劳战马，今朝古碛展新颜。
男儿立志关山外，他日功成勒铭还。

阮章竞

（1914-2000）曾用名洪荒，广东中山人。著名新诗人。早年参加解放区文艺活动，创作了大量诗歌，如《漳河水》等。全国第五届政协委员，北京市第七、八、九届人大代表，曾任北京诗词学会第一任会长，北京市文联副主席，北京市作协主席。

新　居

秋风夏雨如山稳，酷暑严寒又何妨。
寒士欢颜居广厦，无须呵手写文章。

无　题

岁月蹉跎百无成，空赢笑话胡折腾。
月球证实无丹桂，人世缘何奉神灵。
早悟勤栽三北树，黄沙能敢向北京。
多情待学情天外，盼汝华郎为取名。

沈信夫

（1914 年生）江苏淮阴人。1949 年参加革命，1988 年离休。北京市第八、九届人大代表，原为北京诗词学会顾问、嘤鸣诗社副社长。著有《晚晴轩诗词选》《蛰伏吟》等。

临江仙·登南京清凉山扫叶楼

朝雨一翻新洗后，迤逦烟雾全收。长江如练岳如丘。间关花底滑，镗鞳树中流。来往南朝多少事，且看今日春秋。乾坤万里白云浮。僧持楮乞字，人踏叶登楼。

游徐州项羽戏马台

戏马台高供客游，霸王胜迹几经秋。
诸侯壁上惊龟缩，孺子瓯中只鳖游。
纵敌鸿门增雅量，别姬垓下见温柔。
他年毋洒英雄泪，成败由来不足羞。

镇江北固山多景楼放歌

千古名高多景楼，江山第一目中收。
稼翁提笔曾怀古，梁帝书崖更绝俦。
绰约金焦还北顾，峥嵘岁月惜东流。
回思五十馀年里，辜负春光两鬓秋。

贺新凉·昆明湖畔偶成

独立怀今古。算湖边、几回春色，几重秋雨。二十四番花信急，吹散游人三五。画槛下怅然无语。岸芷汀兰都偃伏，恁惊涛骇浪狂如许。罗襦溅，湘裙舞。　　中流一叶支撑苦，看邻舟、倾樯摧楫，悲凉凄楚。头上乌云横压境，水底沉礁难数。终不作儿曹尔汝。忽报西山悬彩带，顿和风丽日临江渚。思往事，写金缕。

磨　墨

少不知人恨事多，壮年岁月又蹉跎。
羞操彩笔图陈迹，偶对青灯学醉歌。
桃李满林欣有托，诗书半榻意无挪。
恋槽老骥终何似，愿把馀生共墨磨。

王世襄

（1914-2009）号畅安，原籍福建福州，生于北京。1938 年毕业于燕京大学国文系。著名学者、文物鉴赏家。1994 年被聘任为中央文史研究馆馆员。著有《明氏家具研究》《锦灰堆》等。

题荃猷山水襄补丛林

君画突兀山，我写椏杈树。
云生山树间，是真合画处。

万戈兄海外寄诗步原韵

一别卅年过，韶华似水流。
羡君常倜傥，嗟我几沉浮。
正气环中振，斯文海外留。
馀生期共勖，艺事学从头。

步苗公赠诗原韵

老去都忘问幻真，但求随遇适心身。
圣堂毕集夸新偶，香榭同游慰故人。
流水名篇终不腐，当风逸史自成文。
香江小住还南去，万里云天远更亲。

1992 年 7 月同游巴黎

黄　均

（1914-2011）祖籍台湾淡水，生于北京。1928 年加入北京中国画学研究会学画，工笔人物画家、美术教育家。1987 年被聘任为中央文史研究馆馆员。著有《仕女画研究》《中国画技法人物部》等。

山　歌

樵罢归来石涧东，融融满面笑春风。
野花遍地牛羊壮，唱彻山歌响碧空。

1962 年夏自怀柔山区归来作

题红楼梦饯花会

钗光鬓影逐芳尘，为饯残花婪尾春。
并蒂同心皆是幻，色空空色本非真。

1989 年 2 月

己巳秋游颐和园即兴

名园小别又经秋，绿树阴浓景倍幽。
槛外云来杯底合，窗间人在画中游。
花香鸟语传深院，水色山光共一楼。
岂必骖鸾方外去，昆明万寿胜丹丘。

初学画竹

种竹何如画竹难，懒将废纸与人看。
他年不负凌云志，破壁纵横万万竿。

赞易水大砚歌

昔闻此地别燕丹，风萧萧兮易水寒。今观大砚真奇绝，鬼斧神工胜鲁班。精雕细琢逾二载，苍龙九子飞云端。卷舒腾挪各有态，激浪崩云卷巨澜。砚中储墨可一斛，濡染大笔画作殊。江山万里凭图写，淋漓挥洒任自如。张旭三杯称草圣，以发濡墨走狂呼。请君橐笔临巨砚，墨浪风雷一试无。

1993 年春

朱家溍

（1914-2003）浙江萧山人。毕业于辅仁大学国文系，获文学士学位。文物专家、明清史和戏曲研究专家。1988 年 12 月被聘任为中央文史研究馆馆员。著有《碑帖浅说》《中国古代艺术概论》等。

元方寄诗来步原韵和之

晴日催花次第开，香尘染笔寄书来。

黄沙卷絮挥春去，倦鸟思林萦梦回。

闻道旧园来远客，开颜持酒比雄才。

莫谈好汉当年勇，笑拈青鬓却玉杯。

1973 年

居紫霄答元方

道院清秋暮，推窗望碧空。

长松迎落照，桂露染琳宫。

太岳当无愧，幽奇自不同。

重阳期畅聚，栋叶满山红。

1973 年

怀翁世丈属书

古稀彼此对堪怜，静夜回思一慨然。
少小精神犹未尽，老年岁月任推迁。
常怀旧居联艺日，更喜红毡度曲天。
诗性不知何处至，拈毫又觉韵难全。

1997 年

熊　复

（1915-1995）笔名清水、庭钧，四川邻水人。曾任重庆《新华日报》总编辑，《红旗》杂志总编辑，北京新闻学会副会长。著有《灵梦集》词稿。

黄河赞歌

广武山头立，黄河射目来。昆仑冲雪下，禹甸破云开。秦塞虬龙啸，三门砥柱岿。狂掀澎湃浪，奔注渤溟隈。气壮殷八极，声雄动九陔。洪流长不息，风雨永相摧。孕育河文化，丰肥陆架台。炎黄治生息，华夏辟蒿莱。河浩文明久，岳峨传统恢。精神踵创造，世代出英才。风俗敦纯朴，勤劳素备赅。滔滔深叹止，渺渺积幽怀。百载流青血，万方闻霹雷。平湖生梯级，长虹跨萦回。开放潮头急，水清春信催。中华不可侮，儿女正崔嵬。

缪海稜

（1915-1996）四川西昌人。新华社新闻研究员、中国新闻学院教授、中华诗词学会理事、新华诗社社长。著有诗集《凯旋》。

戈壁骆驼草

可爱骆驼草，四时风雪侵。
严霜无惧色，自信植根深。

1986 年

水调歌头·登黄山

正是秋天好，携侣上黄山。一路琼花瑶草，顿觉出尘寰。处处迷人景致，云海奇峰怪石，峭壁古松盘。到了光明顶，心在天都间。凝神看，莲花绽，列诸仙。风雨乾坤洗过，头上是蓝天。胜境神州独有，画里难寻此卷，绝顶瞰群峦。赢得骚人赞，联袂共登攀。

临江仙·寄人代会和政协会

　　浩浩长江奔大海，愚曹惶阻滔滔。风流人物弄新潮。凭谁堪砥柱，众望北辰骄。今日神州风雨急，征途曲折迢遥。耳边群庶唤声高。同舟须共济，协力战惊涛。

陈野苹

（1915-1994）原名陈荣檀，四川冕宁县人。1933 年加入中国共产党，中共十二大代表、第五届全国政协委员。曾任中共中央组织部部长，中共中央顾问委员会委员。著有《野苹诗选》。

无 题

竹节知风疾，松针见岁寒。
春来百草长，桃李共争妍。

1989 年

陈毅同志九十诞辰纪念

儒雅风流一世雄，文才武略两恢宏。
餐风宿露歌游击，骇浪惊涛搏孽龙。
驰骋纵横淮海战，国邦大小外交通。
丹青写入凌烟阁，李杜师承当代风。

1991 年

迎春感怀

风云变化岂无常，人事浮沉亦有章。
大厦倾颓缘木蠹，恶狼残暴自猖狂。
苍生觉醒谁能侮，真理辉煌永放光。
且看红梅迎雪俏，春回大地万花香。

1992 年

庐山仙人洞

仙人何处去，万众此时游。
无限风光好，香烟袅袅愁。

1992 年

黄克诚同志九十诞辰纪念

钢筋铁骨一英雄，戎马纵横赫赫功。
敢吐真言无所畏，党人模范树高风。

1992 年

闵　仲

（1915 年生）生于北京，女，原籍内蒙古土默特旗。毕业于北京女子师范学院国文系，诗、书、画兼善，现为北京诗词学会会员，崇文区嘤鸣诗社社员。

蝶恋花

福海龙年佳节度，犹记残垣，曾作同窗聚。五十韵光春已暮，匆匆不记春归处。　　夜雨瞒人侵碧树。树下琳琅，尽是哀原句。我与波臣裁尺素，残垣渐改当年故。

齐一飞

（1915 年生）河北海兴人。原北京市人大常委会副秘书长，北京诗词学会副会长、学会书画会顾问，北京楹联学会会长。

痛悼钱昌照会长

民族祸灾弱且穷，西方负笈谋强雄。
鸟巢凤栖缚金翅，花苑蝶飞舞彩虹。
文教昌明盛世志，诗词兴振百业隆。
繁荣经济终生业，难忘丰功悼照翁。

欢迎日本汉诗学会友好代表团

樱花香送重洋风，迎客燕都月季红。
李白晁衡情如海，富士昆仑一脉通。

李中权

（1915-2014）四川省达县人。1928 年加入中国共产主义青年团，1932 年参加中国工农红军，曾任北京军区空军副司令员，南京军区空军第一副司令员、第二政委等职。

纪念红军长征胜利六十周年

民族危机濒灭亡，东瀛谋我势猖狂。
红军各路长征毕，御外决心备战忙。
八载抗争倭寇败，四年解放秣陵亡。
春秋六十回头望，感谢中央红太阳。

杨宪益

（1915-2009）原籍安徽泗县。1934 年赴英，获牛津大学硕士学位。回国后曾任大学教授、编译馆编纂，后长期在外文出版社从事翻译工作，是中国社会科学院研究员。其主要中译外著作有《红楼梦》《楚辞选》《魏晋南北朝小说选》《唐代传奇》《史记选》等，此外还有大量外译中作品。著有诗集《银翘集》。

一九五七年四月

入春三月尚冬寒，晓雾迷漫雪里看。
应是东风吹未透，鸟鸣花放总艰难。

题丁聪为我漫画肖像

少小欠风流，而今糟老头。
学成半瓶醋，诗打一缸油。
恃欲言无忌，贪杯孰与俦。
蹉跎惭白发，辛苦作黄牛。

1982 年

赠苗子

黄兄风度尚翩翩，故作衰容比傅山。

年已古稀犹黑发，精神健旺胜青年。

欣逢盛世休装老，预祝明朝更有钱。

不用听书排寂寞，舍间常备酒如泉。

1984 年

往玉泉营买草籽路经白纸坊二首

（一）

忆昔当年八角楼，牢房枯坐四春秋。

同床惯窃谈雷子，共屋流氓说泡妞。

警卫放风何日有，官家提审几时休。

而今往事成遗迹，白纸坊前可暂留。

（二）

故人星散绝云霄，入梦焉能慰寂寥。

无事不登三宝殿，有缘早毙九仙桥。

白丁白发渐虚活，青史青山可并抛。

可惜玉泉营太远，难留花底饮花雕。

2001 年

周一萍

（1915-1990）原名周鸿慈，江苏无锡人。1938 年加入中国共产党，1941 年参加新四军并任新四军三师盐城独立团政委。"文革"中遭迫害，复出工作后历任中共北京市西城区委副书记、国务院国防工业办公室副主任、国防科工委副政委。离休后参与筹划和创建了中华诗词学会并担任常务副会长，著有《周一萍将军旧体诗词集》。

吊"铁窗诗社"诸烈士

低徊禁室读词章，无限悲思吊国殇。
怒啸铁窗升正气，甘吟碧血沃朝阳。
因歌壮烈成遗响，竹笔坚贞有脊梁。
地火冲腾洪范在，后昆继起共鹰扬。

题《黄海明珠——盐城四十年历史图片集》

饶沃平原一望舒，春光无限物华殊。
辛勤赢得芳菲艳，璀璨明珠立海隅。

祝华中新四军纪念馆学会成立

转战东南称铁军，威寒敌胆建殊勋。
歌声激荡怀先烈，传统长存启后昆。

陈大远

（1916-1993）原名李树人，河北丰润人。1941年参加工作，新中国成立后历任河北文联副主任，中国驻丹麦大使馆文化委员，对外文委三司副司长、研究室副主任，文化部对外四司负责人，中国展览公司负责人。著有诗词集《大风集》，散文集《风雨苍黄》等。

过贝加尔湖

逗晓清光月色残，无边风物入华年。
山头着雪白沙冷，水上轻霞红玉寒。
万树垂金千树绿，一湖沉碧半湖烟。
漫猜南国春偷渡，今日邻封不设关。

访缅途中宿昆明

春城薄暮小阳台，碧水青山自剪裁。
新月如眉羞顾盼，嫩香成阵懒徘徊。
翠凝绿萼迎风颤，血点红茶待客开。
万里寻芳花笑我，却缘底事老方来。

破阵子·悼朱委员长

梅落才怀总理，荷香又悼元戎。流尽人间多少泪，难觅雕弓向九重，吹寒六月风。征讨江南漠北，驱驰白马青骢。百战常惊敌寇胆，万众高歌太岳功。虬然一劲松。

清明祭

西风浑日月，清明天地悲。天柱谁能折，地维不可摧。老人飘白发，辛酸从中来。童稚舒泪眼，赤子心不移。生者难默默，哀诗筑丰碑。寒花注雪海，誓言发春雷。翘首呼总理，今在天之陲。民族精魂在，人间万世师。泰岳何曾死，五洲仰光辉。

【注】

诗写1976年4月5日清明节,广大群众在天安门广场悼念周总理。

荒 芜

（1916-1995）原名李乃仁，安徽蚌埠人，作家、翻译家。曾在中国社会科学院外国文学研究所工作，曾任民盟中央联络委员、民盟北京市宣传委员，是中央文史研究馆馆员。著有《纸壁斋集》等。

赠艾青同志二首（录一）

元龙豪气未消磨，马上长吟敕勒歌。
辽海北征诗律壮，阳关西去故人多。
虞翻独擅东南美，庾信空嗟岁月过。
生入玉门还一笑，会看佳句到金戈。

茅公八秩大庆四首（录一）

海屋筹添万首诗，蒲曹而后有宗师。
《白杨礼赞》知高节，《子夜》长歌寄远思。
桃李江湖花满树，天南地北酒盈卮。
灵山偷得煌煌火，不向嵩阳问紫芝。

读聂绀弩同志《北荒草》，因忆一九五九年除夕前夜，在北大荒野外脱大豆旧事戏效绀弩体

雪封草甸夜茫茫，广野寒生北大荒。
抒难谁能存李燮，贪杯我欲恋吴刚。
半生五味甜头少，一烤三更好梦长。
何处猫头鹰乱叫，起扪须鬓有严霜。

观骊山兵马俑三首（录一）

海滨驱石血启鞭，北筑长城近塞边。
枉使李斯除逐客，空教徐市访真仙。
沙丘落日风吟树，博浪惊魂月堕天。
地下本来无敌国，何需兵马俑三千。

和俞平老《临江仙即事》

一自长沙谪后，毛锥芦笛尘封。念年百戏看鱼龙。长安居不易，柴米两衰翁。　　此夕四凶尽殪，乌烟瘴气全空。秋高华岳见奇峰。山川如有待，听唱《大江东》。

马里千

（1916 年生）一名家驹，江苏常州人。家居北京，原铁道部高级工程师。

泰山南天门

万山奔兢欲朝宗，汶水回流渤澥通。
莫负中年腰脚健，登临更上最高峰。

1950 年

满江红·一九六四年，国庆节前夕谒人民英雄纪念碑

似海红旗，招展处，崇碑高耸。遥纵目，川原锦簇，河山环拱。烟突成林连腹地，银锄撼谷开边陇。遍天涯，一片庆丰收，欢声涌。前人仆，后人踵。头可断，心难动。是涓涓水滴，星星火种。功业千秋思往烈，荣光万世归群众。驾东风，更待扫阴霾，齐珍重。

水调歌头·一九七五年乙卯霜降重游圆明园故址

兴废百年事，慷慨再登临。风来闻见蛩语，切切动商音。多少离宫禁苑，化作平时乱石，往迹费追寻。回顾无乔木，宿草旧池深。　　循荒径，倚残壁，望遥岑。飞霜一夜红染，晚叶艳秋林。如此风光信美，如此河山大好，强虏几相侵。北去长城下，吹角又惊心。

王达津

（1916 年生）北京市人。1944 年毕业于西南联合大学北京大学文科研究所。曾任中央大学、北京大学讲师、南开大学中文系教授。

菩萨蛮二首

（一）

紫藤花盛蔷薇老，一院杜鹃红未了。香气扑帘栊，春情如此浓。　　绿阴随日密，啼鸟藏难觅。短梦可曾真，明朝万里人。

（二）

墙头杨柳垂新绿，墙上蔷薇红扑簌。仔细辨春光，休随蜂蝶忙。　　春光容易去，飘尽轻浮絮，人也伴春归，燕山雪尚飞。

1979 年

敬悼郭沫若同志

蜀山高竹早知秋，壮岁东瀛负剑游。
北伐军书豪气迈，南昌烽火烈心遒。
笔端诛伐光千载，诗里风雷激九州。
澎湃岷江沫若水，朝宗涌向大江流。

登龙门怀旧二首

（一）

四十年前事，龙门宿梵宫。
舍身临绝壁，观日上高峰。
远意遥通海，尘襟快对风。
前踪已缥缈，新兴且从容。

（二）

昆市又重到，龙门喜再登。
眸随春水远，步逐野云升。
湖色澄千里，山光翠万层。
劫灰飞尽后，昂首意纵横。

袁宝华

（1916 年生）河南南召人。经济学家、教育家。曾任北京大学学生会主席。新中国成立后，先后任国家经委主任，中国人民大学校长等职。中共第十二届中央委员，中顾委委员。出版诗集有《偷闲吟草》。

参观金寨革命博物馆

巍巍大别山，滔滔史河川。贫无立锥地，累世如倒悬。求生绝生路，救死拼死难。学子星星火，革命势燎原。妻儿得温饱，山民尽开颜。血染胭脂水，遗恨白雀园。征途多坎坷，放眼永向前。

1988 年

悼胡耀邦同志

又是长街飞絮时，碧桃似锦压繁枝。
何期热泪洒谷雨，翠柏素馨寄哀思。

1989 年

熊承涤

（1916 年生）湖南桃江人。原人民教育出版社编审，著有《明志轩吟草》《而立集》。

李太白祠

弹铗吹箫汗漫游，江湖白发不胜秋。
横天挥洒银河笔，蚁视人间万户侯。

1980 年

古稀吟（录一）

卅年京国老朱颜，辽鹤归来笑我顽。
千叠尝寻三竺寺，一鞭曾看六朝山。
神游碧海青天外，诗在车尘马足间。
往哲遗编光夺目，爬罗别抉待钩删。

1986 年

水调歌头·读辛稼轩词

旷代奇男子，卓荦不群才。壮岁横戈纵马，劫贼敌营回。纸上龙蛇飞舞，笔底风雷驱走，飒飒逼人来。一把忧时泪，北国罩阴霾。万言书，三尺剑，委蒿莱。料理带湖风月，鸥鹭共徘徊。检点平生意气，俯仰人间百事，今古几欢哀。词苑搴旗手，惊蛰动春雷。

1980 年

李崧灵

（1916年生）河南邓州人。居北京，曾供职中国社会科学院。

挽郑律成同志

少怀民族恨，跨海思东征。抗日结同仇，中朝亲弟兄。雪松见高洁，律成振军声。华夏风雨定，援朝干戈兴。故国多艰难，奋臂请长缨。革命四十载，乐坛建殊功。雨来风满楼，云过见天清。四害喜初除，八音赖和鸣。洋洋中国颂，新曲期老成。羡公高格调，伤君早凋零。平生晤谈少，夙昔仰声名。哀乐催中道，犹忆食鱼情。

秦兆阳

（1916-1994）湖北黄冈人。曾从事报刊编辑工作。新中国成立后，历任《人民文学》副主编、《文艺报》编委等职。1979起任《当代》主编。著有小说集《平原上》《幸福》等。

悼念贺龙将军

将军肝胆硬如铁，气贯长虹昭日月。最恨人间有不平，羽冠奋起云梦泽。从此天下传真龙，共信人间有豪杰。南昌城头举义旗，曾使国贼暗脸色。渔舟如蚁水苍茫，洪湖荡里创伟业。一怒长征二万五，奇袭狼窝捣虎穴。掀须谈笑退追兵，放眼高歌岷山雪。恼恨日寇侵中华，又复叱咤战华北。幽蓟平原颂神兵，吕梁山区传新捷。更从西北到西南，蜀道虽难终飞越。红旗指处江山红，战鼓催出新中国。中国新生年尚幼，将军心头情更热。当年草鞋不愿丢，旧时战袍仍见血。老骥伏枥志尚存，且喜须眉未全白。设若战云天外来，犹能勇猛捍城阙。文革大祸从天降，谗言鬼语难辩白。纵有赤胆与忠心，铁打牢笼难冲决。胸中热血滴滴凝，腹内肝肠寸寸折。临死高声呼苍穹，声似山崩与地裂。守卫战士不忍闻，哽咽低头把耳塞。将军将军痛何为，逆党奸贼双手拍。万里关山暗无颜，千古奇冤难尽说。将军将军听我言，莫道大地无声息。八亿人民岂可欺，逆党奸贼今何在。三中全会拨航向，神州处处舞红旗。天长地久有时尽，真理光芒无绝时。

侯蕴生

（1916年生）号墨香，天津人。首都钢铁公司退休干部，中国书法家协会会员，石景山区书协副会长。

悼 亡

一载幽魂何处留，他生未卜此生休。
诗怀有酒肠堪断，家计无方事更愁。
梦里呼卿卿不语，人间剩我我何求。
学书聊慰平声愿，字不惊人兴自悠。

王　玉

（1916 年生）辽宁沈阳人。轻工业设计院高级工程师。燕山诗社负责人之一，北京诗词学会常务理事。

月季花赞

群芳斗艳百花尊，馥郁清香众断魂。
勤植耕耘精养护，淳贞品质桂芝芬。

朱　丹

（1916-1988）笔名天马、未冉，江苏徐州人。文化部艺术局原副局长。著有诗集《诅咒之歌》《朱丹诗文选》等。

清平乐·干校年关获家书

家书草草，别意知多少。莫恨年光催我老，箫鼓邻村偏好。延河旧梦依稀，难忘烟柳凄迷。任是渔阳重别，衰颜不负戎衣。

临江仙·忆故人兼革命前辈

长夜无眠天欲晓，厌听篱落秋虫。故人生死各西东。千言万语，何处寄征鸿。壮志不愁云鬓改，常怀黔首英雄。昔贤励我慎始终。鸡鸣不已，风雨一灯红。

杨献珍

（1896-1992）湖北郧县人，原名杨奎廷。1926 年参加革命，是中共第八届中央候补委员、委员，中共十二大当选为中央顾问委员会委员。著有《什么是唯物主义》《论党性》等。

悼燕韶九烈士

梁上双飞燕，新婚乐未央。
甘霖润野草，惊魂荡他乡。

张秀中同志逝世四十周年纪念

太行烽火记当时，火苑谟猷共秉持。
所惜芳芝摧逝早，清风明月仍相思。

1984 年

郑　炎

（1916年生）河南信阳人。曾任北京师大附中校务主任、副校长。北京诗词学会会员，嘤鸣诗社社员。

登湘西张家界黄狮寨

群峰竞秀上摩天，云作霓裳松作钿。
万壑千山看不倦，层林叠翠望无边。
金鞭神话传今古，武岭明珠烛大千。
锦绣青岩美胜画，画中游客大罗仙。

戊辰中秋对月遥思赴美探女之拙荆

皎洁中秋月，今宵两地看。
相思还自解，千里共婵娟。
我欲乘风去，直飞马里兰。
瞧瞧华府月，咋比故乡圆。

杨敏如

（1916 年生）生于天津，女，原籍安徽。北京师范大学中文系教授、研究生导师，教授中国古典文学史、外国文学、现代文学等。著有《唐宋词选读百首》。

临江仙·忍滞燕园勤课业

忍滞燕园勤课业，江山隔断天涯。百千心事有谁知。留春春黯淡，待月月低迷。　买得春风扶梦去，为君吹展双眉。相怜相慰并相期。莫悲云散去，会有月圆时。

1938 年

临江仙·开辟昆仑新世纪

开辟昆仑新世纪，须眉巾帼齐肩。女娲心志不平凡。弦歌鸣绛帐，彩笔战前沿。　并力耕耘勤九畹，种桑树蕙滋兰。好凭功业驻红颜。芳菲盛时景，霞倚半边天。

七 律

难却深情受一刀，未妨肚内一团糟。
惊看丑怪非灵石，始信腹腔蓄草包。
爱发牢骚肠未断，难平块垒酒能浇。
位卑未敢忘忧国，留得忠肝谏圣朝。

蝶恋花

手足情深深几许，雁序成行，四护还同举。
本是同根棠棣树，繁枝盛叶花承露。　　秋肃春
温留不住，白发飘萧，依旧童呆侣。勘破人间悲
喜剧，只因味到情浓处。

刘 汉

（1916-2008）原名刘慕蕃，山东文登人。1936 年加入中华民族解放先锋队，1938 年参加山东人民抗日救国军。曾任中国人民解放军总政治部宣传部副部长，军事博物馆馆长。第五届全国人大代表。1964 年晋升为少将军衔。著有《刘汉诗词选》。

无 题

从来时势造英雄，灿烂星徽纪战功。
未灭匈奴应有恨，当无李广叹难封。
万千气象春来早，寸尺山河血染红。
生死都能置度外，斤斤何必计穷通。

1963 年

杜 甫

流离秦蜀死湘滨，万古悲愁集一身。
泪送征夫填血海，路堆饿骨叹朱门。
洗兵谁挽天河水，建厦空怀寒士心。
身历猖狂狼虎暴，从来义愤创诗人。

曹雪芹

亦忧亦怨写荣宁，人境仙宫血泪凝。
欲壑犹嫌金穴浅，侯门唯剩石狮清。
鞭挥禄蠹端庄相，笔染胭脂食色情。
岂止红楼伤旧梦，沉沉长夜起钟声。

重游济南

五十年前忆旧游，新风流改旧风流。
楼群高压历山起，工业新添趵突愁。
九点齐烟呈五彩，一尊东岳仰千秋。
山东好汉凭双手，要斗天公低下头。

钟 英

（1916-2004）湖南新宁人。早年参加革命，曾任中央军委训练总监部军事出版部副部长、吉林省军区副司令员。曾为中华诗词学会理事。

缅怀杨靖宇将军

为国献身万事抛，断头洒血志难挠。
番番征战寇魂丧，凛凛威风士气高。
巍巍白山铭战迹，涛涛黑水赞英豪。
悲歌慷慨惊天地，青史丰碑永世标。

管　平

（1916-2005）原名于松，号武陵叟，湖南常德人。曾参加第一届全国文学艺术工作者代表大会，原中国文化部艺术局负责人、顾问。著有《管平诗文集》。

中央党校老战士合唱队

济济老兵同一堂，布衣犹溢战尘香。
轻吟曙色照雄塔，齐唱洪流向太阳。
抗敌军民挺进疾，兴华儿女拼搏忙。
校园阵阵歌声壮，不减当年气轩昂。

1982 年

莫愁湖

南楼佳话一池荷，游人纷纷感咏多。
淑女欣成驱愁术，名臣善唱悦王歌。
美人最贵心灵美，良相总须济世疴。
变化沧桑终有道，一湖明镜漾清波。

刘西尧

（1916 年生）湖南长沙人。1936 年参加革命，中华人民共和国成立后历任湖北省委秘书长、副书记，四川省委书记，二机部部长，教育部长，全国政协常委等职。著有《愚痴诗集》。

书怀二首

（一）

平生未抱青云念，正气常怀击五中。
北国烽烟醒睡梦，南天赤血启朦胧。
铁流草地震寰宇，炮响芦沟漫碧空。
投笔大江飞比翼，扬幡三楚步雄风。

（二）

跃马横戈十二年，九州雷动换人间。
昆明湖畔攀峰岭，戈壁滩前暖广寒。
霾雾漫漫驰永夜，瑟琴阵阵谱新篇。
任凭天地风云幻，毕竟乾坤不倒旋。

1985 年

汪普庆

（1917-2002）笔名菲士、南父，江苏泰兴人。1936 年毕业于苏州美术专科学校。在北京工作。曾任中华诗词学会副会长，中国作家协会会员。代表作品《水乡的春天》。

南歌子·夜宿新疆二二一团场

香酿添姿色，念珠透月明。茫茫盆地万家灯。谁说荒原戈壁不毛生。边戍屯田计，兵团赤子情。天工巧夺绘云屏。极目翠微林带鸟争鸣。

套数［正宫·月照庭］二十五届奥运会素描

巴塞罗那，碧海钟声彩霞，张开奥运之花。众英豪，齐荟萃，各展风华。争荣誉，为国家。

［幺］大地苍茫，人类原是一家。架桥梁海角天涯，五环旗，和平鸽，万众欢洽。竞技场，绽奇葩。

［六幺序］红五星，胸前挂，展雄姿有口同夸，十六枚金奖可嘉。中华儿女多奇志，战风云敢把征鞍跨。上阵前准备运筹足，这才能不畏强梁，经风险避风沙。

〔幺〕捷报传论行话，电视机唧唧喳喳。喜看池水泛白浪，好样儿五朵金花。再看体操比赛厅，最高分两个娃娃。打乒乓始祖在华夏，球拍两面旋转，巾帼有豪侠。

〔鸳鸯儿煞〕十六天情景如画，圣火灭友情仍留下。盼八年后，奥林匹克在中华。

吴无闻

（1917-1990）女，浙江乐清人。曾任上海《文汇报》驻京记者。中华诗词学会第一届顾问。

己未夏北海观荷

新荷看不足，双杖共行迟。
韵淡宜临水，香幽合入诗。
碧波涵古塔，斑鬓照深卮。
归路绿云动，斜风送雨丝。

1977 年

减字木兰花·甲辰春日伴瞿翁游西湖

双堤张涨，汲取春波为醽醁。词问笺成，说与梅边旧月听。　　断桥西路，抱朴仙翁招手去。不是仙翁，冰雪孤山一老松。

1975 年

范希礼

（1917 年生）河北丰润人。朝阳大学法律系毕业，曾任教于中国政法大学、中国人民大学等校。曾在中共青海省委党校工作。雪莲诗社社员。

偶　成

辛酸曾不辍高吟，古调泠泠未逮今。
几度秋灯听夜雨，满身鸡粟对蛇林。
风尘渐老沧州客，霜露无关桧柏心。
寂寞荒城挥袂望，五侯池馆气萧森。

1973 年

归京车中偶作

此行且喜近沧州，寥落关河几度秋。
汉室飘摇传白虎，晋人缱绻事青牛。
霜天北望中条紫，曙色东开泰岱浮。
生入玉门还一笑，乡音聒耳胜封侯。

1974 年

首都度夏之一

城边万树马缨花，花外飞楼带早霞。

燕翯平湖巢御苑，蝉喧高柳近人家。

也挥蒲扇夸光脚，又坐荷塘赏怒蛙。

消汗归来林荫绿，摊头洒水卖黄瓜。

1977 年

张律明

（1917 年生）女，湖南宁乡人。退休工人，北京诗词学会会员。著有《芙蓉集》《芙蓉续集》。

绿化二首

（一）

细雨如丝透碧埃，好移花木及时栽。
怡红快绿三春景，新辟瑶台次第开。

（二）

布谷催春农事忙，山南山北野茫茫。
今朝勤洒千夫汗，来日欣看绿满冈。

两岸通航有感

风暖摇春庭草茸，柳腰初展意情浓。
疾雷催化寒冰雪，笑看长空架彩虹。

插　秧

千年封建锁群芳，今下妆楼自主张。
卷袖脱鞋泥水里，弯腰移腿巧分秧。
蜻蜓点水鸳鸯戏，新燕穿梭乐典章。
翠垄纵横相错落，俊哥俏妹拥田旁。

李　锐

（1917年生）原名李厚生，湖南平江人。早年参加革命，曾先后任陈云、毛泽东秘书。原中组部副部长，中共中央顾问委员会委员。著有《龙胆紫集》《怀念十篇》等。

庐山吟

山居却不识山容，妙句通禅事后通。
两眼限于崖障内，一身常在雾云中。
晚霞正爱仙人洞，骤雨旋迷五老峰。
山上风云常易变，岂能不测怨天公。

五　十

依然一个旧魂灵，风雨虽曾几度经。
延水洪波千壑动，庐山飞瀑九天惊。
偏怜白面书生气，也觉朱门烙印黥。
五十知非犹未晚，骨头如故作铜声。

1967 年

怀田家英

客身不意复南迁，随遇而安别亦难。
后海林阴同月步，鼓楼酒座候灯阑。
关怀莫过朝中事，袖手难为壁上观。
夜半宫西墙在望，不知相见又何年。

1967-1975 年

安　家

朝朝鸟叫仍惊鸟，岁岁花开未见花。
只要有书来做伴，自然无处不安家。

1972 年

沁园春·感遇

十四年来，能不兴叹，内讼殷勤。自高山坠涧，褫魂夺魄。中年息驾，隔世离群。北徙乌苏，南迁大别，寄食闲居愧对人。八秋矣，忽罡风万里，连夜飞京。我生如此逢辰，又六度春来不觉春。忆周旋冰雪，久甘荠藿。戴披星月，勤学耕耘。湖上独泅，山中踽步，翻羡当时自在身。魔障了，剩满头白发，一片丹心。

1974 年

丘 成

（1917-2007）生前在中国社会科学院哲学研究所工作，《世界哲学》（原《哲学译丛》）编辑部从事翻译工作，副编审。

登北京西山二首

（一）

枦翠浮丹露未消，层峦簇锦暗香飘。
白松错落身高洁，黄杏婆娑影曳摇。
璎珞岩前风瑟瑟，芙蓉馆外雨潇潇。
酡颜不逊春花美，装点湖山万态娇。

（二）

太行余脉好潜藏，八载含辛斗虎狼。
冀北健儿平敌堡，关东大汉骋疆场。
空拳巧夺双棱剑，纤手轻抡五尺枪。
令誉京西垂百代，丹心红叶共芬芳。

重游孟姜女庙二首

(一)

惆怅空闺盼鹊桥，关山迢递梦魂飘。
朝朝潮涨朝朝落，日日云生日日消。
抬眼望穿书两地，伤心哭断石千条。
觅郎长抱终天恨，亘古孤坟一海礁。

(二)

祖龙万里枉修城，鞭石虚传百代名。
筑怨筑愁还筑恨，征夫征役又征兵。
一生叱咤风云转，二世凄惶社稷倾。
寂寞阿房宫上月，清辉移照汉家营。

游晋祠

悬瓮山前漾碧流，回廊曲院境清幽。
邑姜殿倚千秋柏，智伯渠开万顷畴。
鱼跃飞梁泉未老，萍生暖沼叶常留。
隋槐爱弄扶疏影，遥瞰庄严水母楼。

刘起釪

（1917-2012）湖南安化人。1947年中央大学（南京大学）历史系研究生毕业，1976年3月入中国社会科学院历史研究所，兼研究生院教授，并任国务院古籍整理领导小组成员。2006年当选为中国社会科学院荣誉学部委员。

江南杂诗二首

（一）

江南花雨听莺啼，住惯湖滨草满堤。

几夜月明虚幌静，蕙风兰露柳烟低。

（二）

谙尽离鸾别鹤情，花间么凤梦难成。

若能人共江南老，便是天填恨海平。

菩萨蛮二首

（一）

晓来湖上寻幽素，朦朦香雪迷归路。拂了一身花，绕谷觅人家。　　人家临水曲，门外凝寒玉。涉涧浣衣人，凌波动鞠尘。

（二）

沉沉密树皆寒桔，林深千步沉寒碧。行过碧松湾，樵薪双小鬟。　　万树梅花影，人家门巷静。门巷对斜阳，山香水亦香。

郭汉城

（1917 年生）浙江萧山人。家居北京，原中国艺术研究院副院长，著有《淡渍诗》诗词集及戏曲论著多种。

观张继青演《牡丹亭》二首

（一）

月黯花凋为所思，动人寻梦写真时。
平生爱听还魂曲，肠断金陵第一枝。

（二）

多应灵秀挹精神，倩笑娇啼分外真。
果有回生清远看，高标定胜爱宜伶。

观石小梅演《拾画叫画》

洗净胭脂落落梅，天生侠骨倚栏栽。
风流极尽汤家曲，画里盈盈欲下来。

黄　钢

（1917-1993）湖北武汉人。原《人民日报》国际部评论员，《时代的报告》主编，中国国际报告文学研究会常务会长，中国国际文化传播中心总干事长。

两别三见黄鹤楼

参观黄鹤楼归来为黄鹤楼笔会而作。

一别旧时黄鹤楼，烟波万顷载血流。
幼年孤愤沉江底，葬身无处恨悠悠。

二别故园黄鹤楼，铁蹄踏岸悲晚秋。
鹦鹉洲头长话别，从军立志不回头。

尔今重上黄鹤楼，功业岂随征战休。
赤县神州观巨变，凭楼远眺万古愁。

1985 年

方致远

（1917年生）曾名方曙，浙江慈溪人。1939年参加中国共产党，新中国成立后，历任第二机械工业部处长、副局长，第三机械工业部局长。

客居偶感

审时度势勤思索，沉着应付察细微。
韬光养晦甘守拙，卧薪尝胆惜余晖。
静观时变有远瞩，洞察秋毫悟天机。
海南桥畔安蛰案，自强不息一布衣。

临江仙·香山抒怀

深院松边对坐，晴空鹤舞穿梭。香山景物意如何。红尘飞不到，清气晓来多。　　是处诗情画意，匆匆待唱骊歌。还欣壮志未消磨。出山泉不浊，大海看扬波。

海棠花落怀周公

暮春小院飘海棠，西花厅前思栋梁。
启后承前添教益，领导全民奔小康。
功勋盖世惊寰宇，赤胆忠心震四方。
奋战毕生留大业，开来继往万年芳。

庞曾湘

（1917-1996）江苏苏州人。原北京市崇文区房管局总工程师，曾任北京市崇文区政协委员。发起并任嘤鸣诗社副社长。著有《庞京周医师生平》。

颂我国通信卫星上天

神龙嘘气直扶摇，共庆中华有舜尧。
闪闪银星安碧落，昭昭声色转凌霄。
徘徊牛斗寻常事，出入广寒咫尺遥。
幸见天民同视听，予怀渺渺梦情寥。

乐时鸣

（1917 年生）浙江舟山人。1936 年参加革命工作。原北京军区政治部副主任，解放军政治学院副教育长、副政委。曾为野草诗社社长，中华诗词学会、北京诗词学会、红叶诗社顾问。著有《时鸣词草》。

江城子·重游苍岩山

此生再度访苍岩。鬓斑斑，意闲闲。稳步登阶，细看道旁檀。奋上桥楼三百六，天一线，石如关。　　南阳无恙立神坛。顶层峦，俯深潭。小院琴声，曲径隐幽庵。峭壁引风消酷暑，人浴翠，赏奇山。

1993 年

东风第一枝·纪念毛主席诞辰一百周年

开辟鸿蒙，扫除魑魅，阳光催得春晓。韶山幽壑蛟龙，井冈燎原大道。长征拯险，漫吟出，千秋佳报。耸楼上，石破天惊，布告神州新造。　　雄韬略，三山推倒；丰马列，五洲先导。扬眉咏雪风骚，挥椽泼云行草。才华功业，数今古，谁能相较。庆百年，举国同心，风景这边独好。

1993 年

纪念鲁迅逝世六十周年

遗容敬仰拜灵前，情系风云六十年。
瘦颊劳心崇骨气，浓髭鄙俗藐强权。
顶风呐喊钦旗手，唤醒彷徨赖巨椽。
匕首投枪除腐恶，精神足式卫新天。

1996 年

沁园春·迎香港回归

血染中华，百年离散，无数心酸。忆虎门烟沸，同仇敌忾；舟山城陷，割地图安。岁月沧桑，风云变幻，屹立峥嵘岂等闲。迎游子，正故园英发，春满人间。　　龙船启碇扬帆。邀举世炎黄共载欢。看昆仑起舞，脉连东岛；江河奔涌，水接南天。香港先归，澳门继返，寄语台澎早日还。珠峰上，望骄阳喷薄，笑傲尘寰。

1997 年

东风第一枝·纪念周恩来总理诞辰百周年

东海之滨，启明星灿，拨云破雾迎晓。献身求索真诠，毕生护持正道。建军主政，镇虎穴，中华新造。善统筹，治国安邦，青史口碑光耀。　　曾经受，艰难困扰；甘负重，匡扶既倒。遂思炯目和颜，大公俭廉风操。鞠躬尽瘁，从未计、功名多少。举世钦，一代人豪，品德万年师表。

1998 年

史进前

（1917-2008）原名薄恒温。山西定襄人。1935 年参加中国社会科学家联盟和一二·九运动。曾任总政治部保卫部部长，总政治部副主任。1961 年晋升少将军衔。曾为解放军红叶诗社社长。著有《冷暖轩诗钞》。

狼牙山五壮士

狼牙高耸阻烽烟，勇士从容把敌歼。
弹尽无援身殉国，悬崖一跃入云天。

忆秦娥·飞越十八盘与老八路会师

寒风烈，漫天大雪行军迫。行军迫，小五台险，十八盘曲。会师八路坚如铁，山高路险飞奔越。飞奔越，汗流如注，心潮如沸。

孙红火

（1917年生）河南延津人。1938年参加八路军。曾任国防科工委第十三研究院政治部副主任。著有《孙红火诗稿》。

枣面一把泪两行

轻装反扫荡，急步履星光。岚山背后远，清溪迎面长。子夜肠辘辘，路过茅屋旁。乡亲惊破梦，披衣问暖凉。仅有红枣面，权供充饥粮。枣面送一把，战士泪两行。阜平众父老，心慈如爹娘。军民一条心，永世不能忘。

奚　原

（1917 年生）原名奚定怀。安徽滁县人。1936 年参加革命。曾任中国军事科学院战史部副部长，中国军事百科全书编委会常务副主任。

豫东之战

大将中原解痼愁，攻其必救赛齐侯。
忽征古汴三军乱，野战睢杞九万囚。
从此王朝沦末路，迎来义勇过山头。
心香不忘酬英烈，血洒黄淮为自由。

程光锐

（1918 年生）江苏睢宁人。原《人民日报》记者，中国作家协会第四次代表大会代表。著有诗集《不朽的琴弦》等。

临江仙·琼英

访问罗马尼亚前夜，家中仙人球花发四枝，琼花玉蕊，皎若冰雪，倍增行色。

正拟观花云外去，宵来忽放琼英。仙姿玉色更多情。感卿殷切意，送我比邻行。　　朝看黄河飞雪浪，暮听黑海涛声。等闲云岭万千程。天涯花树茂，多瑙正奔腾。

沁园春·咏出土文物东汉青铜奔马

腾雾凌空，横驰万里，踏燕追风。是绿耳归来，飞扬欢跃。黄巾曾跨，陷阵冲锋。矫矫英姿，骁骁神采，巧手雕成意态雄。两千载，竟长埋幽壤，瑰宝尘蒙。春来故国重逢，问满眼风光是梦中。诧高楼遍地，迥非汉阙，长桥飘带，不是秦宫。一觉醒来，人间换了，日耀河山别样红。重抖擞，送风流人物，跃上葱茏。

1973 年春

金缕曲·游泰山阻风绝顶，拾级而下

岱岳凌天立。有飞车、高崖悬索，添人双翼。须臾腾空三千丈，绝顶风光无极。腰竞折、秦碑汉石。齐鲁青青青未了，眺晚城灯灿鲛娥泣。难挨夜，梦朝日。晓来突兀罡风急。乱云翻，飞车已歇，危阶千级。踏破青山人已老，况对风横绝壁！应笑我、欲归无策。路险相携从容迈，听松涛壮我山行色。风狂吼，人奕奕。

1986 年

鹊桥仙·羊城湖畔

秋雨初歇，秋空云淡，潋滟秋波碧透。绕湖绿树万般情，更几点桥头丹袖。湖边舞剑，榕荫展读，白发红颜竞秀。韶光莫逐水流东，且同把、今朝曲奏。

1982 年

忆秦娥·祭张自忠将军

烽烟烈，将军夜渡襄江月。襄江月，青峰望断，马蹄声绝。长山泣血江流咽，年年人祭英雄节。英雄节，孤忠肝胆，玉莹冰洁。

1992 年

曾玉芳

（1918 年生）女，笔名寂寞，湖南汉寿人。家居北京，北京诗词学会会员。

游黄山天都峰

阳春淑气漫神州，远访名山结伴游。
迎客松梢朝露滴，玉屏楼畔晚风幽。
千寻峭壁天都险，百步云梯鲫背忧。
急瀑喧豗如虎啸，雄声壮势誉寰球。

无　题

薄茧尼龙怯晓凉，向阳数叶点金光。
途招的士沿街出，梯送层楼慰酒狂。
着雨残花如下泪，随风衰柳为谁忙。
物情讽贬无人问，只有扬尘自发香。

颐和园秋望

木叶千层半透黄，知春亭畔草栖霜。
风推雾裂神光现，浪溅舟摇碧水凉。
三晋残云归太白，一排秋雁赴衡阳。
茫茫世路行吟客，旧酿新醅自品尝。

浣溪沙·清晨红楼远眺

万树烟波锁翠峰，三春流水澹遥空。数声啼鸟送飞红。碧瓦琼楼苍渚上，幽篁画阁彩霞东。渔舟野老白云中。

江城子·自遣

朝晴暮霭几多年，写花笺，意回沿。蒲柳衰零，孤雁杳天边。绿水苍穹相闪烁，怜蕙草，恼情鸳。兴来拟泛子猷船，绕山川，赏潺湲。恍惚春临，幻见月华圆。鸟倦夕阳巢树歇，香露冷，醉歌眠。

陈克明

（1918-1999）湖南衡阳人。中国社会科学院哲学研究所副研究员、特邀研究员。出版有《韩愈述评》《司马光学述》《群经要义》《王船山年谱》等著作。

急诊住院感赋二首

（一）

出死入生鏖战浓，争分夺秒亦匆匆。
应师扁鹊明经络，宜效塞翁识变通。
报晓知更遵候鸟，审时度势仿潜龙。
春光明媚光环宇，继踵姜斋处困穷。

（二）

逢凶化吉扫疑云，生命奇光复治棼。
学海茫茫珠待索，书林种种识超群。
盈箱积稿辛勤得，满腹牢愁思绪纭。
书院耕耘仍续旧，西山红叶映经文。

望海潮·怀旧念新

地雄滇黔，敌侵湘桂，毅然辞别衡阳。山路崎岖，江流险恶，只身背井离乡，饥渴复彷徨。幸花溪秀丽，昆市垂杨。盛情高谊，月如霜。　　幽燕梦幻翱翔，叹韶华虚度，有志难偿。积稿满箱，呕心沥血，梓行困扰无方。何必再彷徨。愿伏枥老马，裹创护伤。且趁馀生尚热，落日挽扶桑。

李　新

（1918 年生）原籍重庆。历任中国社会科学院近代史研究所党委副书记、副所长，中共党史人物研究会副会长、中国现代史学会理事长等职。第五、六、七届全国政协委员。著有《中国新民主主义革命简史》等。

痛悼吴老玉章

廿载追随沐惠风，有谁知我似吴翁。
峨山仰止尧天外，江水长流禹域中。
雨暴风狂飞海燕，天寒岁暮挺岩松。
七旬革命九旬寿，留取丹心万代红。

痛悼范老文澜

哭罢吴翁哭范翁，连天泪雨洒苍穹。
如公博学宁多见，待我高谊更少逢。
去岁手书犹在案，而今通世竟成空。
伤心未及临终别，遗恨茫茫之水东。

改花蕊夫人诗，并呈叶剑英元帅

当年抗日树红旗，八路威名天下知。
今日雄兵三百万，岂无一个是男儿。

水龙吟·与黎澍登定远楼并寄陈旭麓

甘州南北皆山，祁连山上千年雪。长城永在，残垣废垒，若连还缺。独倚危楼，临风极目，地长天阔。望胭脂山麓，黑河水面，斜阳里，如凝血。　　又是西风萧瑟，望高高一轮明月。黄河九曲，阳关千里，奇光流射。雁度红楼，鱼通黄浦，莫伤离别。但君心耿耿，余怀渺渺，视浮云白。

毕朔望

（1918-1999）江苏扬州人。大学文化。1938 年后历任汉口、重庆《新华日报》主编，《国际文摘》主编，中国作家协会外委会负责人。著有诗集《少年心事一朵花集》，译著《列宁传》《路易·艾黎诗集》等。

诸夏雷音（录五）

（一）

落日熔金海上楼，呼冰暮市意方稠。
蔷薇轩主今何在，喜有家醅谢九州。

（二）

去国十年华发生，乃从无地哭天人。
英伦此夜焚香坐，敲碎萧邦索父尊。

（三）

回禄及身折俸钱，推心到妪恤残年。
遗笺浑是闲言语，底事恩仇累鼻酸。

（四）

爱说天凉好个秋，浮生惠我我焉酬。
梧桐信绿蝉未了，漫写家常祛尔愁。

（五）

曾侯蔡叟俱已矣，黄犬东门梦渐稀。
万里家书屏涕笑，但从天籁说玄机。

【注】

原诗十首，为1986年纪念傅雷先生逝世20周年作。

刘 春

（1918-2007）河北黄骅人。曾任外交学院院长、炮兵政治部主任,1955 年被授予少将军衔。全国政协委员,北京诗词学会顾问。

访南斯拉夫马其顿二首

（一）

平湖秋月古诗乡，绿水长堤异样香。
电母织云长万里，工农处处臻小康。

（二）

多瑙涛涛遍彩萌，万花丛里吊铁魂。
改革千驱不停步，坚信马列与人民。

姚　普

（1918年生）辽宁丹东人。高级工程师。家居北京，著有《说诗谈词》《春蚕集》等。

齐市在京诗友欢聚感怀

少小分离晚岁逢，浪翻嫩水荡胸中。
相迎未语惊华发，执手通名忆旧容。
烽火当年甘粉骨，耕耘岁月献微躯。
几度不改苍松色，霞染青枫似火红。

蝶恋花·巴塞罗那二十五届奥运会

濒海依山风景异。咫尺西天，旖旎晴光里。
鱼跃鸢飞芳草地，歌声笑语人欢喜。　　千万健
儿来荟萃。各献腰肢，看是谁为最。尔赶我超排
地位，五环旗下群英会。

鹧鸪天·女邮递员

信息传媒送到家。鱼书雁字寄天涯。披星顶
日光迟晏，淋雨冲风从未差。衣绿袄，佩轻纱，
倏来倏往似流霞。跨车临去留身影，翁媪咸夸好
女娃。

徐兰如

（1918年生）江苏扬州人。导弹总体和科研管理专家，离休后任长庚诗社社长，北京诗词学会会员。著有《花萼集》。

忆抗日救亡歌曲

松花江上哭声多，奋起长城抗日歌。
共唱大刀歼敌曲，不容凶寇渡黄河。

阎学增

（1918 年生）山西屯留人。1936 年参加革命，历任某兵团政治部宣传部长、贵州省政策研究室主任、三机部四院党委书记。曾参加主持编写《冀鲁豫党史大事记》。中华诗词学会会员，原北京诗词学会副会长，《北京诗苑》副主编。

井沟之战

井沟临战初，志忑心不宁。奉命出排哨，打援据隘径。敌机先侦视，继之炮轰鸣。我阵不为动，敌兵慢爬行。诱入伏击袋，群山枪炮隆。鬼子心胆裂，魂飞草木惊。又奉出击令，我时两手空。索一手榴弹，随队打冲锋。激战黄昏后，歼敌一个营。初次经战争，从此方知兵。

1938 年 3 月

渡江放歌（四首录一）

四月东风催战帆，雄师挥剑下江南。
工农踊跃齐飞步，收取金瓯半壁天。

国庆日口占

晴空天外响春雷，中国人民站起来。
湘水楚山红日照，远征战士壮胸怀。

1949 年 10 月

征途闻捷

飞马黔山曙色苍，红旗猎猎劲风扬。
霜天万木红胜火，报道前军克贵阳。

1949 年 11 月

清平乐·初夏仁怀途中

峰青峦秀，林密山崖陡。松岭苍苍云出岫，
赤水滔滔风骤。甘霖普降怀阳，社员插秧正忙。
烂漫山花一片，茅台陈酒醇香。

杨萱庭

（1917-2005）山东聊城人。早年参加抗日游击队，后长期从事教育工作。1983 年被聘任为中央文史研究馆馆员。著有《杨萱庭书法集》等。

读李苦禅尊兄《苍鹰图》

苦禅山东奇，才高兴寄远。遇我夙心亲，时复弄杯盏。示我《苍鹰图》，磊砢见肝胆。独立天宇清，奋击榛芜减。个山逊恣睢，天水渐猛敢。格出林良新，誉经白石选。老笔益淋漓，波涛翻海卷。闻昔郭乾晖，此艺空前撰。是公故乡亲，古今殆同款。讵若公门墙，桃李纷在眼。阅世历甘辛，频年悲冷暖。时论忽阴晴，雄奇何由展。茫茫人海阔，浩浩艺途坦。风云任卷舒，巍峨终当显。与公盟岁寒，伫待声华满。

1961 年

敬悼周总理

云水翻腾怒未平，触山荡海莫吞声。
苍天竟遣斯人老，共吊重霄万古灵。

1976 年 4 月

题杨贵妃墓

千三百载李杨事，赚得诗人咏叹频。
注海经天黎庶血，轻轻哪及马嵬尘。

1992 年

强晓初

（1918-2007）陕西子长人。1934年参加革命，曾任陕甘宁边区甘泉县县长，中共热河省委第二书记、省军区政委，第七机械工业部副部长，吉林省委第一书记兼省军区第一政委，中共中央纪委书记，中华诗词学会副会长。著有《晓初诗词选》。

忆故乡战斗三首

（一）

五十年前战火红，僻村窑洞月光中。
几人振臂齐宣誓，战友开颜喜相同。
忽报敌军来进犯，瞬间率部去交锋。
胸怀马列全无敌，众志成城立战功。

（二）

拂晓甘霖入夜风，良筹帷幄见奇功。
寡能敌众惊天地，气壮兵单逞杰雄。
民族兴亡凭战斗，苍生命运托马翁。
人间坎坷知多少，旗展高原映日红。

（三）

倥偬戎马任挥戈，捍我神州百战多。
为国为民酬夙愿，无私无畏历风波。
频经烽火歼顽敌，赢得升平唱国歌。
多少英雄为国殉，英灵化雨润山河。

1985 年

马少波

（1918-2009）原名马志远，笔名苏扬、红石等。原中国艺术语言研究会会长、中国戏曲学会副会长、中国京剧艺术基金会副会长、中国戏曲学院名誉教授、文化部振兴京剧委员会副主任，中国京剧院副院长。

忆故乡

长忆当年鼓角声，莱州烽火聚群英。
风传羽檄地天动，血染旌旗鬼神惊。
苦战十冬睡狮醒，新征万里伟图兴。
奔腾白马拼搏处，海碧帆明岭色青。

1983 年

清明日扫程砚秋墓

三春惆怅认碑铭，一世嘉评百世听。
泪尽荒山春永在，不输旧日卖花声。

1985 年

刘开扬

（1919 年生）原名庸禺，四川成都人。1950 年后历任北京《学习》杂志通联部主任、人民出版社三编室编辑。著有《唐诗论文集》等。

再谒新都杨升庵祠

杨公大德垂千古，西蜀北燕仰望同。
绩学渊深称绝代，直臣慷慨有遗风。
祠边桂树株株老，水上芙蕖处处红。
始谒于今三十载，依然忭跃似儿童。

1936 年

自乐山放船东下至竹根潭作

三十年前到嘉州，岷江来去独悠悠。再游始爱凌云寺，波际峨眉若见浮。物换星移人世改，只今垂老复登州。南东万里经此地，大佛足边岂有求。玄燕翩翩帆上舞，青山郁郁沙岸留。竹根潭下船行速，惟见中洲水急流。

1973 年

谒成都武侯祠

丞相丰功那可忘，武侯祠宇永流芳。

七擒孟获平南土，六出祁山震北疆。

为政尚严持法允，用才惟急重贤良。

象床锦帐犹施设，古柏堂前万丈长。

1975 年

郭小川

（1919-1976）河北丰宁人。著名诗人。1937年参加革命，曾任中国作家协会党组副书记和书记处书记兼秘书长，《人民日报》特约记者等。有《郭小川诗选》。

五 律

原无野老泪，常有少年狂。
一颗心似火，三寸笔如枪。
流言真笑料，豪气自文章。
何时还北国，把酒论长江。

1972年

李高敏

（1919 年生）河南新郑人。离休前为中国社会科学院留学生部干部。

沁园春·与五十年前同赴延安诸友聚会

日寇西侵，困难当头，共赴延安。忆洛阳道上，越鹅翎口，急流抢渡，涉险历艰。何惧东都，如林宪警，兵驻西京更纠缠。当年事，纵境迁人老，还起微澜。马兰河水弯弯，叹岁月匆匆如逝川。正日军猖獗，整装东进，中原塞北，策马扬鞭。久别重逢，思今话旧，续赋凌云志未残。怜银发，且临筵把盏，相与同欢。

杨　克

（1919年生）陕西泸县人。家居北京。

瞻仰贺龙铜像感赋

菜刀一把起雄风，北伐西征创业功。
天子山巅云肃立，千言万壑忆贺龙。

骆　风

（1919 年生）国家计委离休干部。曾从事新闻工作和经济工作多年，原《经济消息》主编。

延安行

从机窗眺望延安

临空情急望延安，满目新楼改旧观。
宝塔巍巍雄似昔，延河哺我岂忘源。

出席开馆典礼参观展出

太阳灿烂照清凉，真理声音播四方。
华夏兆民齐响应，全凭正道胜魔王。
不计高官与桂冠，风沙草履入民间。
文章得失千秋业，实话真情溢笔端。

为清凉山诗社题句

卅年重返清凉山，心事浩茫似浪翻。
窑洞门前寻旧迹，故人指点话新天。

傅任远

（1919 年生）山东临清人。原空军训练基地副政委、空军政治部秘书长、沈阳军区空军政治部副主任等职。1988 年起担任北京诗词学会顾问。著有《桑榆情》。

伟　业

春满京城笑语频，人民大会展经纶。
十年经济连番长，一片金瓯不患贫。
曾忍腹肌知饱贵，屡遭国难爱嘉辰。
天如假我足时日，乐见鸿猷裕后人。

鸦片战争一百五十周年

自毁虎门诸炮台，铁蹄利舰步虚来。
漫长岁月山河破，亿万黎民水火哀。
古庙三元旗未泯，新华大地寇氛衰。
继承强盗衣钵辈，今又声嘶叫制裁。

韩　雪

（1919年生）女，北京市人。新中国成立前参加革命，原北京市二轻局副局长。著有《韩雪诗选》。

江城子·挽小平

安详睿智小平公。荡然胸，器超雄。自若非凡，逆境更从容。不畏沉浮平恶浪。巍屹立，岱宗崇。　　骋驰征战赫元戎。力脱穷，振兴农。开辟国门，华夏顷繁荣。香港回归迎一统。圆月皎，庆君功。

苏幕遮·赞三环路

碧云天，黄锦地。不见红灯，绿盏倏然匿。玉带虹桥奇壮丽。画卷长舒，绘出佳节喜。笑声喧，歌咏起。潇洒环行，七日千年异。电掣飞驰极惬意。芳草情深，留客悉无计。

许国志

（1919-2001）江苏扬州人。运筹学家和系统科学家。1947年底赴美国堪萨斯大学，修机械工程，获硕士学位。后转入数学系获博士学位。1955 年回国。原中国系统科学研究所副所长，中国系统工程学会第二届和第三届理事长。

次唐稚松先生韵

三春雁去九秋回，桔性甘甜不过淮。
物尚有心怀故土，梦犹无意恋瑶台。
遥看涕泗凭轩落，笑任谰言动地来。
我本买舟归报国，心明身健复何哀。

如梦令·古稀同庆

今岁古稀同寿，一聚芳园话旧。回首忆当年，
震旦相逢三九。红透，红透，云绽朝阳如绣。

如梦令·五五年归国

浪迹常思故土，归意藩篱难阻。秋月照床前，
比翼买舟归渡。欣舞，欣舞，犹有黄花盈圃。

沈静如

（1919 年生）本名田纪民，女，原籍上海。建设部老年大学
离休干部。

读《萨氏诗词格律 ABCD》

格律速成人渴望，萨公体系简明详。
双平主调开新路，当代诗词再鹰扬。
拗救孤平不须讲，竖看喉尾论宫商。
千年难题君攻破，桃李花开传万邦。

孙大石

（1919 年生）山东省高唐县人。第六、七、八届全国政协委员，山水画家，1998 年被聘任为中央文史研究馆馆员。著有《孙大石画集》《孙大石写生画集》等。

富山山庄秋景

芦花如雪映书屏，作画题诗写性灵。
真个山庄风景好，长林十里一峰青。

秋　夜

秋夜孤吟写不平，推敲不觉到天明。
东方未白金鸡唱，万里青天一雁鸣。

学　书

半有留心在北碑，山居有酒助临池。
悬针垂露龙蛇字，不学羲之学献之。

齐治平

（1920 年生）北京市人。早年毕业于北京师范大学。原北京师范学院历史系教授。著有《陆游传论》《拾遗记校注》等。

周总理挽诗（录二）

（一）

玄冥司契日，忽报大星沉。
亿兆神凄怆，风云气肃森。
宏图虽已展，夙报未全伸。
国殇如可赎，人欲百其身。

（二）

无私何所畏，视险总如夷。
奋起南昌日，折冲西蜀时。
频临豺虎窟，未损凤麟姿。
革命留芳躅，峥嵘岁月驰。

1976 年

临江仙·和戚国淦教授《戊午元旦书怀》

我是申猴君午马，相矜未许称翁。精金百炼不销熔，纵然魔火旺，转瞬已成空。烈日严霜都过了，迎来次第春风。穷通一笑付天公，莫愁衰鬓白，试看醉颜红。

1978 年

挽张伯驹先生二首

（一）

蛰园吟社昔追陪，诸老风流付草莱。
健者惟公今又逝，山阳闻笛不胜哀。

（二）

书画收藏斥万金，苦心摄护为人民。
子虔图与平原帖，长作邦家镇库珍。

陈辛火

（1920 年生）家居北京，原铁道兵第十二师政委。

抗日战争胜利六十周年感怀

日寇投降六十年，思怀往事发冲冠。
南京屠戮河山怒，北国清乡日月寒。
异域幽灵犹未散，当年铁案岂能翻。
风云多变须经意，中日邦交放眼看。

奥运健儿凯旋感怀

捷报频传雅典城，开头结尾见精英。
顽强拼搏创佳绩，爆冷夺魁立盛名。
弱项破门新跨越，金牌得手显殊荣。
激情澎湃凯歌奏，载誉归来夹道迎。

大江截流成功

浩荡长江古渡头，库兴峡坝展宏猷。
千秋功业劳筹划，一片欢声看截流。
坚壁横江分水势，明渠疏导利行舟。
平湖宿愿民心向，神女今朝亦放眸。

纪晓岚

风流倜傥态憨顽，宦海浮沉视等闲。

趣事逸闻娱闾巷，能诗善对慑文坛。

总编四库誉兼毁，熟虑千番纂且删。

莫怨翰魁筛卷帙，置身冤狱稻粱间。

八十抒怀

八十年华重晚晴，开颜笑对夕阳明。

硝烟战火留豪气，军旅生涯献赤诚。

行远边疆兼海岛，情深艺苑共兵营。

功名利禄淡如水，卸甲高吟后半生。

王振东

（1920 年生）河北丰润人。北京市某单位高级工程师。中华诗词学会、北京诗词学会会员。

风　筝

素有凌云志，虚怀不自轻。
乘风腾翼远，犹系故乡情。

蝉

休嫌泥滓贱，铁面一身清。
甘露临风饮，高歌隐叶鸣。
悠然心自得，澹泊世无争。
警众私私曲，公私分界明。

蜘　蛛

体肥貌丑好心肠，墙角屋边陋室藏。
满腹经纶蕴筹策，浑身轻巧善飘翔。
横空布就天罗网，随处织成绞索墙。
擒害除奸不辞苦，于无声处为人忙。

画堂春·寄思台胞

星河清澈月如钩，耳边丝竹悠悠。心潮起伏
意难收，凝望归舟。　　天有阴晴冷暖，人随日
月沉浮。恩恩怨怨岂鸿沟，完璧神州。

汪曾祺

（1920-1997）江苏高邮人。作家、戏剧家。1948年到北平，任职历史博物馆。1956年发表京剧剧本《范进中举》。1962年任北京市京剧团编剧。著有作品《邂逅集》等。

回乡书赠母校诸同学

乡音已改发如蓬，梦里频年记故踪。

疏钟隐隐承天寺，杨柳依依赞化宫。

半世未忘来旧雨，一堂今日坐春风。

高邮湖水深如许，待看长天万里鹏。

偶　感

大有大的难，群公忌投鼠。国事竟蜩螗，民声如沸煮。岂有万全策，难书一笔虎。只好向后看，差幸裤馀五。非我羡闲适，寸心何可主。华发已盈颠，几番经猛雨。尚欲陈残愿，君其恕愚鲁：创作要自由，政治要民主。庶几读书人，免遭三遍苦。亦欲效馀力，晨昏积寸楮。滋味究如何，麻婆烧豆腐。

1996年11月

谢家麟

（1920 年生）河北武清人，生于黑龙江哈尔滨。加速器物理及技术专家。1951 年获美国斯坦福大学博士学位。1955 年任中国科学院原子能研究所研究员等职。1980 年当选中国科学院数学物理学部委员（院士）。

游敦煌

老来际会到凉州，千古烟霞眼底收。
绿被蓝山左氏柳，雄关嘉峪古城头。
黄沙漠漠丝绸路，白雪皑皑川水流。
石室宝藏观止矣，跃登天马莫淹留。

1981 年

重庆忆旧

沙坪坝上昔曾游，五五年华逝水流。
旧日茅庐今广厦，当年陋巷半朱楼。
兴邦富国功艰巨，重教尊科志喜酬。
长恨昔时多苦雨，重来花放满江洲。

1997 年

吴未淳

（1920-2004）北京市人，原名味莼。1942年中国大学国学系毕业。生前系中国书画函授大学总校教授，导师，中国铁路老年大学艺术导师，泰国淡浮院名誉顾问。幼承家学，能诗能书，是公认德艺双馨的著名书法家。

悼亡五首

（一）

永夜难为睡，悲来安可名。
聚离真一梦，恩义负三生。
把臂多新誓，齐眉有夙盟。
依稀思往事，失恸见君情。

（二）

历历遗容在，封题讵忍看。
累卿十月苦，遗我一生难。
儿弱仍堪虑，亲衰孰奉欢。
酸心馀痛哭，涕泪不能干。

（三）

我已无亲旧，卿还鲜弟兄。
幽明悲阻绝，门户叹凄清。
揽镜形容减，忧家魂梦惊。
可怜如缕命，也未冀长生。

（四）

壁破青灯暗，庭空黄叶飞。
自伤羁异旅，谁解寄寒衣。
检箧香仍在，环庐景已非。
风敲窗纸动，疑是尔魂归。

（五）

清泪弹应尽，芳魂唤不回。
过悲翻似梦，多福竟成灾。
永夜灯前影，高秋冢上苔。
愧无蒙叟达，奠罢有馀哀。

1941 年

高加林

（1920年生）河北省新安人。北京军区战友文工团艺术指导，中国楹联学会会员。

满庭芳·献给丰台老年大学

种恨埋仇，卢沟桥畔，敌酋曾起战端。掌声琅琅，而今满校园。聚集男男女女，大都是，两鬓斑斑。征途上，硝烟渲染，雄心一片丹。　　归来由新径，提高文化，心胸拓宽。尊老有所养，共沐春暄。深感老有所为，课堂上，其乐无边。举目望，桑榆焕彩，红霞正满天。

魏莲一

（1920 年生）女，湖北建始县人。原北京铁路二中校长，北京诗词学会会员。

贺北京西站建成

九天阊阖殿门开，丽日祥云佳气催。
宝马香车盈道路，欢歌笑语溢楼台。
明珠并世称绝艳，盛会八方迎客来。
野渡荒村俱往矣，送君直到海之隈。

汪 洋

（1920-2001）陕西横山人。1937 年参加革命。曾任沈阳军区副司令员兼参谋长，第七机械工业部部长，北京军区副司令员。1964 年晋升少将军衔。著有《勿忘庐人家诗集》。

饮马汉江边

三八防线坚，临津江水寒。
三奇复三险，破阵旦夕间。
抚琴总统府，饮马汉江边。
应谢信使者，香江有书笺。

登雁门关

雁门关上望悲鸿，今日还闻战马鸣。
列阵高丘埋烈骨，忠魂犹护古长城。

郑文翰

（1920-2006）河南洛阳人。1938年入抗日军政大学。曾任朝鲜停战委员会中国人民志愿军代表团政治部主任，军事科学院院长。中将军衔。著有《屐痕——郑文翰诗词稿存》。

南征纪实

春离燕赵地，迤逦向南方。耀武经郑宛，练兵在樊襄。远奔袭宋咀，鏖战克宜昌。凌桥跨众水，飞舟渡长江。骄阳似烈火，山路尽羊肠。我军猛追紧，败敌溃逃忙。拨云青天见，万民齐仰望。长征三千里，高歌入荆湘。一路传捷报，旗飘青史芳。

1949年8月

崔　坚

　　（1920 年生）陕西西安人。1935 年参加北平一·二九运动，1937 年加入中国共产党。曾任总参某部九局政委。曾为解放军红叶诗社常务副社长、顾问。著有《枣花集》《槐花集》等。

忆敌训队毕业赴冀中

浊清延水流冬夏，详析敌情志缚龙。
日语深钻求致用，兵书细读备征戎。
春辞宝塔胸怀壮，梦绕幽燕气势雄。
健步如飞三百里，枣花香里渡河东。

披靡直向平津塘

　　飒飒金风稻谷香，再出保北战未央。忽闻敌窜拐角铺，前指立断容城厢。挥师南下迅雷疾，血战清风三军亡。夺取名城创先例，攻坚一举克石庄。华北山河成联袂，披靡直向平津塘。

王　珺

（1920 年生）河北保定人。1937 年参加革命，历任中共中央调查部副部长、国家安全部副部长等职。中华诗词学会会员，北京诗词学会顾问，著有诗集《爱竹书屋韵存》。

悼念周总理

折冲樽俎圣贤俦，神采风靡五大洲。
盛世经纶安域内，乱时砥柱定中流。
巨星陨落神州暗，岱岳崩摧天下愁。
万里山河同洒泪，功勋盖世照千秋。

1976 年

水调歌头·昆明湖游泳

臂展平湖阔，思入水云寒。极目碧波千顷，横渡一挥间。回首十年魂梦，沧海横流遍野，莽莽暗尘烟。幸有回天手，谈笑挽狂澜。　　承故业，筹新策，再向前。十亿雄风重振，大地改初观。此日又来泅渡，满眼风和日丽，高阁傲云端。百代中兴业，鹏举翼垂天。

1979 年

徐　放

（1921年生）辽宁沈阳人。毕业于东北大学中文系。曾任教于北方大学文学系。新中国成立后任《人民日报》文艺部编辑。现为该报群工部副主任，有小说《群》、诗集《南城草》及《唐诗今译》等。

偶　成

闻道玉兰已着花，西郊路上语喧哗。
忽见隔墙杨柳色，始觉春天到我家。

1956年

赠傅璇琮

几度沧桑倦不思，论文读罢渐忘之。
老来犹有书生癖，夜班挑灯独锻诗。

李仲玉

（1921 年生）安徽桐城人。高级会计师，曾在国务院管理局财务处研究科从事行政机关预算管理和会计制度的研究工作。中华诗词学会会员，澄霞诗社社长。著有《仲玉诗词》等。

咏五台山碧山寺

落日碧山寺，萧然古洞边。
苍烟人迹少，古木鸟声喧。
看鹤栖松树，焚香坐石泉。
美哉禅院好，临去我流连。

海南纪行组诗（录二）

洋浦观海

丽日和风烟水平，海天一片远帆轻。
椰林极目胸襟阔，耳拾三潮拍岸声。

抖落珠玑亿万宗

地北天南聚众英，青山绿水总多情。
千枝竞放生花笔，百鸟和鸣伴凤笙。
紫气红鹃歌盛世，深秋白菊颂升平。
江山如画千秋在，抖落珠玑亿万宗。

一剪梅·辞别

　　一岁东风一岁饶。山上禾高，地下油飘。东南西北友朋交。天也邀邀，地也呼招。卅五年来形势昭。昔日冰消，今日花娇。阳光雨露育新苗。销了陈蒿，出了新苞。

1995 年

方 约

（1921 年生）笔名浪石，四川陇昌人，曾供职于中国社会科学院，科学院秋韵诗社社长，中外名人文化研究会文化艺术委员会学术委员。

八十遣怀（录三）

（一）

默念浮生忽八旬，故交惊数几人存。
衰年何以怀孤咏，情系蓝关岁月深。

（二）

荣枯宠辱勿须惊，祸福无凭笑不成。
陋镜尚圆终有伴，相随夜半到天明。

（三）

几经东去燕归时，惯看东风拂柳枝。
旧事沉沉谁可问？烛摇红影续新词。

2001 年

乡野重阳访菊

为寻秋色至田家，把盏东篱伴晚霞。

纵是暗香盈两袖，应怜佳节滞天涯。

1973 年

萧贻元

（1921 年生）山东青岛人。家居北京，曾供职于中国社会科学院。

梦胶南

不忆胶南久，朦胧返故乡。
花繁蝶恋树，云淡月窥廊。
父母言欢笑，亲朋问短长。
醒来原是梦，涕泪满衣裳。

冰消水镜开

一带长河春意饶，东风送暖薄冰消。
谁家少女开妆镜，照取渔郎过彩桥。

浣溪沙·菊花

不向东风怨未开，偏近重九傲霜来，笑他红杏倚云栽。　　晚节留香人共赏，当非元亮独怜才，东篱畅饮且开怀。

陈　燊

（1921 年生）浙江温州人。中国社会科学院研究员，中国作协会员。

暮春感怀

林花谢尽柳含烟，又是暮春三月天。
歧路亡羊伤逝水，金丸弹雀惜华年。
残更寂寂宵何永，细雨纤纤人未眠。
早岁轻狂堪一笑，千秋恨不见前贤。

暮春答友人问近况

镜里双霜鬓，生涯一蠹鱼。
病来渐习惯，老去更才疏。
黄鸟啼丛树，春光抚绿芜。
悠然澄万虑，且自乐琴书。

素　衣

素衣卅载怯京尘，故我无知白发新。
羞以时奇媚世俗，翻于迂拙见精神。
羊亡敢诩非歧路，臣壮何曾不若人。
老去名心古井水，饶他桃李闹三春。

书　城

读万卷书梦已空，书城独拥一衰翁。
春归红瘦绿肥外，人在斜阳夕照中。
劳瘁此生牛马走，市朝于我马牛风。
但祈能享期颐寿，晨暮焚香祝大同。

卢婉清

（1921 年生）女，浙江台州人。家居北京，曾供职中国社会科学院。

感　怀

难忘湖畔溯初亭，长忆寒窗夜读灯。
往事如烟人皓首，相逢何日叙离情。

重游三峡

西陵宽阔敞苍穹，巫峡幽深十二峰。
瞿塘胜景雄奇立，路转峰回碧水通。

1999 年

漂流神农溪

轻舟飘荡神农溪，两岸风光扑眼迷。
叠嶂层峦如画卷，碧波幽梦景依稀。

1999 年

自　嘲

垂暮之年学写诗，蹒跚步履莫云痴。
偶然得句添欣慰，珍重晚晴犹未迟。

1999 年

何　严

（1921 年生）字肃莊，湖南邵东人。曾在北空宣传部、石油部教育司工作。与羊春秋合著《历代治学论文书信选》《历代论史绝句选》。

登祝融峰

平生梦寐思南岳，霜鬓来游气尚豪。
一角斜阳巧裁锦，两条健腿奋登高。
呼朋山鸟迎佳客，联袂虬松卷碧涛。
行过天门凌绝顶，诸峰罗列似儿曹。

1982 年

咏红梅赠羊春秋教授

南国红梅树，冰霜几岁华。
根盘千顷玉，枝灿半天霞。
欲报春前信，先开岭上花。
东风一浩荡，芳草遍天涯。

1984 年

杨瑞琳

（1921 年生）湖南常德人。中国社科院亚太研究所研究员，原《南亚研究》主编。著有《罄吟选钞》。

初醒闻怪

久梦书空急，初醒扫目频。
浊江藏怪异，谁是照犀人。

1975 年

阙 题

三呼元是戏，两句又成经。
别有惊人语，劝君倾耳听。

1978 年

题 照

拳局幽斋苦索居，此情谁诉仰天嘘。
世间何物令公喜，饭后茶馀一卷书。

1976 年

李溁明

（1921 年生）字孟举，号一萍，河南鲁山人。北京某医院内科主治医师，著有《南北吟草》。

梦友人

山城犹忆读书声，杯酒千诗天地清。
开遍黄花人不见，白云何处问先生。

湘西纪行（录四）

（一）

翠嶂重重不可攀，奇峰一一白云间。
行经吴楚三千里，看遍潇湘万点山。

（二）

独立湘西第一峰，层峦叠嶂浪千重。
长空万里浑无主，不信人间没卧龙。

(三)

野岭荒山任我游，牵藤攀石不停留。
危岩兀立疑无路，溪转悬崖见竹楼。

(四)

耗尽身心白发生，老来万事不关情。
武陵人静黄昏后，爱听潇潇夜雨声。

齐良迟

（1921-2003）字子长，生于湖南湘潭，系著名画家齐白石第四子。毕业于北京辅仁大学美术系，后任教于国立北平艺术专科学校。去世前为北京文史研究馆副馆长，齐白石艺术研究会会长。

癸酉春节禁放爆竹喜吟

禁放烟花令，衰翁甚赞成。
只缘爆竹响，窃恐是枪声。

花　眼

忘戴老花镜，糊涂一望中。
年来花更甚，戴也也相同。

题老妻纪碧环与余合作雏鸡画幅

挥毫趣味无穷，八个雏鸡略同。
若问夫三妇五，谁人可辨雌雄。

"文化革命"丁未之冬晨雾咫尺不见指予服扫街之役诗友吕公粹甫前来探看为问寒暖

趁雾前来苦所思，蒙蒙窃恐有人知。
惊魂甫定双双泪，正是斯文扫地时。

友人持来陈岩先生双骏图索句

铁骑蹄翻四尺笺，腾飞绝塞着先鞭。
题诗自笑诗思慢，双骏已驰路八千。

马萧萧

（1921-2009）原名马振，山东安丘人。曾任中国民间文艺家协会党组书记，中华诗词学会常务理事，中国楹联学会常务会长。野草诗社社员。著有《翠笛引》等。

海上观雨

豪雨浓如酒，倾缸醉海王。
鲸吞山岳倒，蜃吐玉珠扬。
搔首拂云乱，披胸扑岸狂。
何当分一盏，解我渴诗肠。

谒杜甫草堂

幼岁习诗慕子美，白头今始到门台。
千竿翠竹含烟立，数树红梅破雾开。
茅屋已随风雨去，游人争越陌阡来。
雄诗万卷起高厦，庇我神州百世才。

临江仙·庚午春节

春去秋来冬又尽，但惊岁月匆匆。无暇回首顾行踪。高楼明镜里，堪笑白头翁。　　学剑学书皆未就，诗肠自愧空空。性灵到处便为工。濡毫窗外望，万里动春风。

江爱良

（1921-2004）福建福州人，生于北京。气象学、气候学与生态学家。1942 年考入西南联大地质地理气象系，1948 年秋到中央研究院气象研究所工作。1984 年调入综合考察委员会。有诗收录于《中关村诗社社友诗选》。

寄征儿

春来乍暖又还寒，听罢录音更未残。
四野星光传远意，一天月色照阑干。
故园且忘十年事，异国暂栖一席安。
苦读年年终不悔，休言学海泛舟难。

1992 年

金陵感事

往事金陵去不回，万千感慨忆秦淮。
书声大石桥边起，柳色台城入梦来。
血雨腥风矶燕子，愁云惨雾雨花台。
兴邦有道缘多难，国耻雪清夫复哀。

1992 年

学电脑记拙

为享天伦到远关，良机巧遇岂空还。

于今电脑寻常见，终岁寒窗未敢闲。

少恨无缘欣得补，老虽笨拙尚思攀。

未通程序心难已，苦乐难分日落山。

穆 青

（1921-2003）回族，河南杞县人。1949 年初参加新华社工作。曾任特派记者。1982 年任新华社社长。著有《焦裕禄》《意大利散记》等。

题九寨沟

翠海雪山珠玉滩，彩林叠瀑画诗川。

借来九寨一湾水，涤净神州无限天。

杨 柄

（1921年生）湖北红安人。曾为中国社会科学院特邀研究员，中华诗词学会理事。

靥花曲

六十三春一树桠，柔情缕缕慕朝霞。
只缘姓马蚊叮脚，何碍吟诗靥绽花。
物海滔滔瓢自饮，出车寸寸汗犹拉。
道旁小憩扶轮立，遥望莱茵伏尔加。

鹧鸪天·名与贫

耳际如钟警语鸣，闪光未必定为金。文章千古甘辛事，冷落书斋激烈心。蔬食足，绿茶斟，笑谈膝下滚双孙。清风两袖鼾声远，马列盈橱岂曰贫。

俞 立

（1921年生）河北定县人。毕业于北京师范大学历史系，后在该校攻读研究生。北京诗词学会会员，嘤鸣诗社理事。

临江仙·夜读随感

冰解雪融春料峭，朦胧月色盈窗。更深无寐览华章。倾波涛万顷，澎湃话沧桑。遥想当年驰战场，壮怀执笔戎装。珠玑字字响铿锵。激情今尚在，彩绘好风光。

一剪梅·渡南海

南海船头望海潮。闪烁金涛，天水迢迢。渔舟轮艇竞奔劳。欢笑声高，白鸟招摇。百载风云去路遥。鸦片灰销，珠口狂飚。凌烟史册尽英豪。中华腾蛟，喜看今朝。

一剪梅·银湖之夜

南国三冬春意浓。碧岭葱茏，流水叮咚。银湖一片雨濛濛。几点蕉红，疏落灯明。楼榭亭台胜月宫。天宇无声，人世峥嵘。顿生逸兴与豪情。来也匆匆，去也匆匆。

李薇芝

（1921 年生）家居北京，离休干部。

参观梅兰芳纪念馆

爱国留须不事仇，神州解放展歌喉。
三千桃李承衣钵，名震京师第一流。

游北海公园

塔影湖心荡，龙亭笑映辉。
群儿歌祖国，我亦竟忘归。

夕阳红金秋游园会

夕阳晴空日，金秋送爽时。
江山今胜昔，最是老人知。

陈一虹

（1921 年生）广东东莞人。1938 年 8 月参军，曾任中央军委办公厅处长、解放军档案馆馆长。著有《两代人诗集》。

从北岳到平西

当年北岳到平西，七日行程报晓鸡。
易水寒冰徒步涉，紫荆积雪与鞋齐。
身无彩羽双飞翼，心有阳春一点犀。
玉斗乍闻强寇败，张垣策马不停蹄。

虞美人·述怀

烽烟岁月难忘记，往事如潮起。战云才散燕山河，又唱雄赳抗美进军歌。　　如今白发人增寿，祖国江山秀。放开怀抱任天年，直比红梅长似月儿圆。

长　征

惊险艰辛恶战多，斩关开路捣狼窝。
雪山草地埋忠骨，大渡金沙泛血波。
四次挥兵横赤水，三支主力向延河。
驱除外寇歼顽敌，万代光华永不磨。

世纪回眸

戊戌难忘史未残，推翻帝制走千官。
红楼怒起青山吼，圣火高擎易水寒。
苦战八年强寇败，奸顽三役社坛安。
天灾人祸伤元气，扭转车轮挽巨澜。

赞中国人民抗日战争纪念雕塑园建成

铭赞宛平雕塑园，青铜记史铸忠魂。
英雄抗战西风烈，壮士悲歌北斗尊。
八载烽烟终必胜，千秋功过莫空论。
卢沟晓月今尤美，纪念碑高映墨痕。

华　楠

（1921 年生）原名孙宝楠，山东牟平人。1936 年加入中华民族解放先锋队。曾任解放军报社总编辑、社长，总政治部副主任。1964 年晋升少将军衔。

鲁南战役有感

雪送寒冬迎春天，骄师汹汹窜鲁南。
南下北上捕战机，东堵西围争时间。
飞兵临敌酒未醒，铁甲失据陷泥潭。
鹰犬无计天不助，可怜快纵成快餐。

1947 年 2 月

吴荫越

（1921-1996）四川达县人。1938年参加八路军。曾任军事科学院外军部副部长。原解放军红叶诗社副社长。

鹧鸪天·忆出剑门

　　常忆当年出剑门，河山半壁叹沉沦。八年抗战驱倭寇，三载鏖兵逐蒋军。　　追往事，看如今，神州已入强国林。人民十亿同心干，指日中华万象春。

进　藏

　　大军进藏逐风云，百万农奴倍感亲。
　　协议威严惩厉鬼，金瓯完整仗吾人。
　　雪山皎皎开新宇，雅鲁滔滔迓早春。
　　一统山河增秀色，从今汉藏结同心。

舒 芜

（1922-2009）本名方管，学名方硅德，字重禹，安徽桐城人。1952 年到北京，历任人民文学出版社编辑、编辑室副主任、编审。后任《中国社会科学》杂志编审。著有《李白诗选》等。

遥 夜

迢递夜难温，开门复闭门。
碧天蝴蝶梦，清籁杜鹃魂。
不想将忘事，宁知未报恩。
山溪新涨水，谁辨旧苔痕。

1946 年江津白沙

晚凉杂咏五首（录二）

（一）

楚天夜夜看双星，不是青春怅望情。
万一津桥通旧梦，梦中惯听杜鹃声。

（二）

碧血朱颜惹梦多，今宵不看鹊填河。
劳尘满面繁霜鬓，七载人间忍泪过。

雨中夜读

出户听秋风，细雨湿衣袂。暗暗几窗灯，寂寂闲房闭。寥天骋孤想，远籁发幽契。青岁一蹉跎，朱芳正凋瘁。百年半逝水，沿溯杳无际。云梦变桑田，栖心欣有地。结庐亲版筑，学稼师耕耒。用舍在明时，经营成过计。残书足遮眼，结习未捐弃。汉史与唐诗，姓氏淆难记。江湖望京洛，关山莽迢递。感此会古人，依稀通梦寐。更阑雨转急，望久寒侵背。阖户小徘徊，遥村饥犬吠。

1973 年湖北咸宁

【注】

本诗和后两首均为在"五七干校"所作。

陈子循

（1922 年生）江苏如皋人。高级工程师，毕业于上海交通大学。中国铁路老年大学文学教师，老人诗会会长，北京诗词学会顾问。曾出版《陈子循楹联集》等。

沁园春·咏扬州

淮左湖滨，竹西径畔，今昔名扬。有青莲居士，司勋小杜，与姜白石，仔细端详。李赞佳都："烟花三月，火似流萤绣颊芳。"玉人伫，廿四桥在，箫奏新章。牧言："十里飘香，春风拂，娉娉袅袅妆。看净禅智寺，雨过蝉噪，霭生深树，暮下夕阳。"夔谓空城，"废池乔木，清角吹寒夜渐长。"问何日，待剑云激我，同赴邗江。

沁园春·莫斯科一搏

俄国风光，奥运鼓吹，五环旗斜。听北京陈述，真诚朴实，深情洋溢，洁璧无瑕。保证坚强，鲜明优势，精彩动人玉树花。宣传片、艺振洋公关，特色名家。体坛世界奇葩。竞逐鹿，谁能得最佳？看伊斯坦布，欧亚桥横；多伦多市，湖畔歌娃。大阪港城，首轮淘汰，仰面望洋作叹嗟。俱往矣！正众心所向，惟我中华。

长寿乐·次韵和魏义友

闲庭信步。变沧桑，锦绣中华非故。天堑通途，穿山跃水，高速千条公路。应惊神女，截断三峡长江阻。飞船转，举国人民鼓舞。诗歌颂，璧玉珠玑吐。　　屈指数。百年耻，港澳回归倾注。奥运将临燕京，众情激奋，欢呼喧诉。更欣逢入世，市场经济贯横竖。乐小康，足食丰衣民富。不争春，一任群芳嫉妒。

鞠 盛

（1922 年生）江苏靖江人，定居北京。曾任中国国际报告文学研究会编剧、中华诗词学会理事等职。有诗歌体电影文学剧本《李自成后传》。

龙吟阁诗会抒怀

明室欲广京南郭，掘土烧砖成沟壑。从此城南少人行，阴雨但闻鬼夜哭。慢慢长夜终破晓，神州处处添新绿。积年荒潭变公园，潭水低回阁高矗。龙槐龙柳映龙亭，龙殿龙山泻龙瀑。神龙无处不腾飞，招来诗人吟不足，时值清明风物佳，俊词妙句连珠落。鲁公椽笔扫千里，道子兴酣轻点墨。念奴歌声遏行云，助兴复有丝与竹。晴空鹤鹭俱下翔，潭底鱼龙争上逐。桃花坠落纷似雨，柳絮因风飘入屋。噫吁嚱！良辰盛会今躬逢，京华满座皆高朋。

戈 革

（1922-2007）号红莩，河北献县人。1952 年毕业于清华大学物理研究所。退休前为北京石油大学物理学教授。著译有《尼尔斯·玻尔全集》等。有诗收录于《物理学家诗抄》《当代科学家诗文选》。

蝶恋花·秋心

一晌无聊城里住。看了黄花，便觉秋心苦。城外驶车行一度，始知黄叶黄如许。漠漠黄云天际布。白草黄沙，过去将来路。毕竟荣枯何所据？问天问得天无语！

1953 年

虞美人·重过清华园

偶然又到清溪左，策马匆匆过。者回真没那时间，再向水边林下看青天。依稀识我溪边柳，对我频摇首。小红桥畔小红窗，窗内此时谁个理红妆。

1953 年

金缕曲

意到言筌外。数交游，几人倾慕，几人嗔怪。楼阁倾颓宾客散，荆棘铜驼均坏。算只剩、清愁如海。荡气回肠词万首，旧青衫泪渍分明在。春困好，莫轻卖！ 江山易改情难改。对金樽，画眉京兆，八旬忽届。《人月双圆》留妙迹，我亦焚香遥拜。谱俚曲、漫舒悲慨。更况平添无量寿，略消磨诗酒风流债。寻胜地，写幽坱。

1977 年，时在山东

自题画竹

懒随冷暖辨冬春，劲节高风不染尘。
老干坚枝有奇用，凤箫长近美人唇。

田家英

（1922-1966）本名曾正昌，四川成都人。1938年加入中国共产党，1948年至1966年任毛泽东秘书。1954年后，兼任国家主席办公厅、中共中央政治研究室、中共中央办公厅副主任。中共八大代表。

十　年

十年京兆一书生，爱书爱字不爱名。
一饭高粱颇不薄，惭愧万家百姓心。

吴小如

（1922 年生）本名吴同宝，原籍安徽泾县，出生于哈尔滨。文史学者、作家。1949 年毕业于北京大学中文系。1952 年在北京大学中文系任教员，1990 年任历史系教授，1992 年被聘为中央文史研究馆馆员。著有《读书丛札》《吴小如戏曲文录》等。

题《秣陵双松图》（录一）

一片残阳对夕峰，劫馀忍吊秣陵松。
虬柯老干浑无赖，看尽兴亡懒化龙。

1947 年

七 律

老任书签冷旧芸，孤怀谁共挹清芬。
忘情久坠青云志，嫉俗难亲凡鸟群。
出处平生如梦令，炎凉一例送穷文。
秋来且近杯中物，沉醉佯称酒半醺。

1996 年

卅馀年前旧作忘其后半，因足成之

南风无愠写潜忧，独迈征车似壮游。
新月乍添玄嶂尾，片云徐尽碧天头。
忍缘衣食悲生事，漫与朝昏即自由。
蒿目时艰今老矣，安贫知命复奚求。

1997 年

燕祥兄七秩大庆小诗二章奉贺（录一）

百帙芸编底蕴深，燃犀铸鼎出公心。
祥和岁月须珍重，且傍江山好处吟。

2003 年

孙轶青

（1922-2009）山东乐陵人。1938 年参加革命，新中国成立后历任《人民日报》社副总编辑、国家文物局局长、全国政协副秘书长。离休后出任中华诗词学会会长、中国文物学会名誉会长。

抗日战争颂题赠抗日战争纪念馆

醒狮怒吼震卢沟，烽火熊熊遍九州。
浴血八年终大胜，中华崛起帝魔休。

喜相逢

遥忆青纱战日魔，哭埋忠骨凯歌多。
余生北战南征远，一聚千杯话若河。

读龚自珍诗碑得句

风雷骏马共鸣时，始改齐喑旧日姿。
生气植根民主化，变通则久万年基。

记友人赠双牛旧砚

雕艺超群丝细匀，双牛戏水荡心神。
凤翥龙蟠友情重，此砚欣当见证人。

八十抒怀

战地烟尘洗礼丰，京华图报愧微功。
感时万念心难老，年暮犹思效马翁。

李静声

（1922 年生）山西长治人。原总参某研究所政委，总参塔院干休所副军职离休干部。解放军红叶诗社顾问，中华诗词学会会员。出版有《李静声诗集》等。

诉衷情·纪念七七事变六十周年

一从烽火起卢沟，风雨暗神州。拼将热血抛洒，初战太行头。　　家国破，恨悠悠，岂能休。南征北讨，誓取黄龙，复我金瓯。

江城子·送别

关山何处是家乡？走南昌，宿辽阳。风雨飘蓬，今又去都江。寒夜一轮巴蜀月，应依旧，照回廊。　　机坪伫立意茫茫。不思量，怎能忘。惯是年年，独自对幽窗。冷暖四时当自理，谁与共，话衷肠。

忆雪河战斗

十八盘高高接天，雪河抱病扫狼烟。
风吹枯木山间冷，夜夺残桥月上弦。
倭寇丧魂弃尸骨，健儿热血洒危岩。
年来衰老头飘絮，旧梦太行深处圆。

咏芍药

洗却凡尘百样娇，深红浅粉斗纤腰。
花香叶翠饥堪食，枝茂根荣疾可消。
十顷星摇霞落地，一川风动锦翻潮。
撩人春色林园景，惹得蛰翁诗兴豪。

八秩放歌

自从矢志请长缨，慷慨悲歌万里征。
大捷初经索堂庙，短兵曾伐百泉营。
云笼秋浦鸡催舞，雪拥春城雨洗兵。
跨纪休言林下老，青霜时作匣中鸣。

晓 星

（1922-2006）原名孙德培，浙江宁波人。音乐工作者，原《词刊》主编，中国音协理事，作协会员，著有《晓星词曲论集》等。

沁园春·贺吕骥同志从事音乐工作六十年八十寿辰

淡泊一生，两袖清风，本色自然。忆雄歌初发，云扬飙起，雷鸣四海，响越九渊。鼓舞千军，唤醒万众，推倒三山唱亮天。但听得，有曲中奔马，笔底狂澜。洋洋洒洒章篇，遵马列心如金石坚。为正歌振乐，启风开路；栽桃育李，薪火长传。六十春秋，耕耘播种，无私精神烨两间。耄耋日，看八方名士，来贺南山。

方辉盛

（1922年生）湖北武汉人。1950年起在新华社任编译、编辑、记者、国际部编委、高级编辑，并为社科院硕士研究生导师、中国科大等校兼职教授。

赠别邵燕祥同志

相逢林海路，他乡胜故乡。

春风接笑语，肝胆见文章。

三杯非纵酒，一席未轻狂。

重登长征道，不忘习君长。

鹧鸪天·北京新闻学校校友联欢有感

把酒当筵话旧情，弦歌犹似往时声。相逢四海输肝胆，红叶村中学笔耕。重聚首，庆新晴，相期泼墨写中兴。珍存火热红心在，何患鬓边白发生。

许南明

（1922年生）广东普宁人。原中国电影出版社社长兼总编辑，中国影协第四届理事、书记处常务书记。著有电影论文集《影视偶记》等。

渔家傲·登渤海钻井船

渤海风扬千帆舞，洪波矗立擎天柱。钻塔啸呼惊群鹭。滔滔处，原油喷涌知几许。　　锦绣年华谁与度，星辰日月连烟雾。为我山河添媚妩。千回睇，飞涛疾浪英雄谱。

孙　普

（1922 年生）江苏靖江人。原中国农业银行研究所所长。

瓷灶行

炉火映天红，四野雾朦朦。驱车入瓷灶，迎面皆烟囱。厂房如林立，水塔压群峰。彩砖陈市肆，瑰丽若皇宫。畅销海内外，创汇立丰功。户办联合办，各自显神通。内中有一厂，众口咸称崇。工艺现代化，全镇堪称雄。当即驱车往，果然大不同。工人杂男女，个个干劲冲。或将铲车驾，或将氧气充。或将瓷土验，或将色料溶。众行如合一，准确若时钟。余等皆首肯，更觉趣意浓。移时见厂长，独坐"广寒宫"。帷幄方运筹，指挥特从容。电视荧火闪，南北复西东。车间十馀个，一一入双瞳。工人动与静，无不在目中。欲下生产令，但对麦克风。一呼众皆应，瞬息即为通。不意乡镇间，得见此奇踪。余尝屡出国，似此亦难逢。复知其厂长，原系一贫农。严寒无片絮，腹内常空空。若非新政策，焉得脱贫穷。若非除束缚，焉得起蛟龙。信知行改革，浩荡如东风。一燕兆春至，能不动我胸。

陈右铭

（1922 年生）湖北武汉人。新中国成立后任海军快艇支队长、七院副院长兼核潜艇工程办公室主任、海军装备部部长、科技委副主任等职。著有诗词文集。

西江月·纪念周恩来总理百年诞辰

尽瘁鞠躬报国，中华赤子英雄。奉公克己德声宏，深得人民赞颂。　　百年诞辰悼祭，缅怀总理周公。吟诗代酒奠心中，长忆哲师哀痛。

沁园春·赞改革开放总设计师邓小平

百色兴兵，义旅仁师，策马挽弓。继抗倭胜利，鲁南大捷、挥师敌后，战略南攻。淮海江南，猛歼残敌，扭转乾坤旭日东。平天下，有超人谋略，旷世英雄。　　战时勇斗顽凶，共驰骋、沙场立大功。立国抓建设，主持大政，肩挑重担，大展图宏。五次三番，虽遭迫害，建设国防不放松。抓经济，创特区两制，万紫千红。

踏莎行·祝贺三峡工程胜利通航发电

波浪滔滔，奔腾怒吼，巍峨三峡川江陡。痛心江水白东流，洪灾泛滥经常有。   领导专家，百年探究，蓄洪发电宏谋久。而今梦想喜成真，高科开道千帆走。

范维纲

（1922 年生）山西省榆次人。1938 年 3 月入伍，曾任海军航空兵部副政治委员。中华诗词学会会员，北京诗词学会顾问。

朱德赞

讨袁护国一将军，抛却荣华真理寻。
割据井冈膺重任，长征草地建奇勋。
八年鏖战驱强虏，三载挥师逐暴君。
老总功高昭日月，赢来华夏四时春。

黄海夜航

沉沉夜海天连水，轮影波光幻不穷。
疑是高山逢骤雨，忽如平野起狂风。
新城屹立千楼矗，老港深疏万国通。
沿岸贫乡成闹市，星河着意落长空。

舟中遐想

苍茫万顷浮东海，潋滟秋潮浪托天。
花果山前农贸市，水帘洞里旅游船。
猴王喜走太空步，八戒贪尝涮海鲜。
纸醉金迷无尽日，不经艰苦怎成仙。

浦江晚唱

浩渺烟波一望收，今洋曾载旧时舟。
崇明岛断东瀛涌，黄浦江通扬子喉。
竞渡千帆终日渡，争流百舸映霞流。
喜观后浪推前浪，华夏文明冠五洲。

郭小湖

（1922年生）河北临西人。1939年9月入伍。曾任总后勤部后勤工程学院院长。中华诗词学会会员，红叶诗社编委。

临江仙·丙子中秋抒怀

玉鼎金瓯缺复整，情牵万众心潮。罗湖岸畔共良宵。嫦娥今惬意，同迓凤还巢。　　时代风云多变幻，几经地动山摇。太平山上赤旗飘。香江联四海，两制领风骚。

阮郎归·香港回归周年

去年今日凤还巢，殖民烟雾消。紫荆区帜五洲飘，香江别样娇。　　行两制，展宏韬，金门架鹊桥。月圆花好看来朝，丰碑时代昭。

踏莎行·登白云山

锦绣南天，晨曦薄雾，轻车直上云崖路。羊城十月百花妍，白云山上迷人目。伫立峰巅，凝神四顾，千山万壑烟岚纛。两巡南粤起风雷，九州赢得春常驻。

郑　直

（1922-2004）本名郑云林，字戒之，辽宁阜新人。原《铁道兵》报社副总编、副社长。现为中华诗词学会会员、北京诗词学会会员。著有《戒之斋吟稿》等。

批人批己

爷娘生我盼平安，不要钱来不要官。
只要一张吃饭嘴，依然觉得做人难。

拜读段天顺《新竹枝词集》三首

（一）

月光斜抹透窗纱，轻唱竹枝聆大家。
昨夜案头春几许，指尖香染腊梅花。

（二）

流水行云时代情，大江东去小桥横。
兴酣掷卷一凝睇，铁板铜琶尚有声。

（三）

心系江河情有加，涓涓纸上笔生花。
诗人掬得清流水，烹就芳香万盏茶。

渔家傲

闹市繁华歌酒舞。寻春不见无情绪。满眼招牌春几许。春不语。大山深处寻春去。为赏小桥流水处。驱车百里油光路。红杏满山桃万树。掩别墅。山村哪有庄家户。

无　逸

（1922 年生）本名郝尉扬，江苏扬州人。1949 年 5 月入伍。曾任国防科工委干训班教研室副主任。

双清别墅

赤松如戟列西岑，拱卫庭庐气肃森。
堂上威宣千里檄，云端讯系九州心。
屠龙微哂挥长剑，得鹿仍甘拥布衾。
今日游人谁复省，小园曾主世浮沉。

忆当年基地首发卫星

赤县东风唤蛰龙，奔雷震地撼苍穹。
东方红自重霄下，饮泣谁伤霸业空。

参军六秩抒怀

早岁投身细柳门，恢宏大厦一沙尘。
曾嗟闻道驰驱晚，长仰先行志虑纯。
析史渐如花自落，诠经不觉夜深沉。
此生获益自珍处，戎幕雄风绛帐春。

刘廷良

（1922-2006）河南尉氏人。1938 年入伍。曾任军事学院教授会教员、军事科学院研究员。曾为解放军红叶诗社常务副社长。著有《劲松吟》。

敌后抗战散记

过封锁线

一湾河水映星光，东进千军步履忙。
越过炮楼沟壑后，传来身后送行枪。

初到骑兵团

华年得马上沙场，村外奔驰任发狂。
好个骅骝新战友，风声贯耳似飞翔。

过敌占区

大军迅猛指河西，颓壁残垣树影稀。
瞩目村村遭劫后，炊烟尽断苦凄凄。

何 松

（1922-2007）广东大埔人。1944年参加抗日游击队东江纵队。历任《前进报》、香港《正报》、新华社记者，中央人民广播电台对台部副主任。著有《万川集》。

忆营救美国飞行员脱险

太平洋上弹如流，美国飞机落莽丘。
营救翻山经虎穴，安全越水过龙湫。
并肩此日成盟友，反目来年作对头。
助纣为非施暴虐，又燃烽火遍神州。

忆东江纵队二首

反"扫荡"

忆昔东江战阵开，又缘倭寇下乡来。
燃身赤日血弥沸，压顶乌云山欲摧。
空野迷茫望闪电，密林静寂听惊雷。
指看膏药旗翻到，夺得机枪踏径回。

海上游击

太平洋上火冲天，港九家家烈焰翻。

鹏鸟翼垂云滚涌，蛟龙爪舞水腾喧。

已扶陡壁罗浮动，远踏惊涛香岛旋。

文苑英才北归日，一船星月虎门前。

张　茜

（1922-1974）女，湖北武汉人，原名掌珠，小字春兰，笔名耿星。1940 年加入中国共产党，中国人民解放军元帅陈毅的夫人。陈毅逝世后，不顾疾病缠身，亲自编订《陈毅诗词选集》，著有《张茜诗抄》。

满江红·访问印度尼西亚

银翼高飞，穿云海，远临南国。萦赤道，三千岛屿，贯珠凝碧。昔日江山沉苦雨，而今大地滋春泽。念此番访问盛情多，难描述。　　窈窕女，三五百；民族服，皆生色。标印尼门户，欢迎宾客。热望复兴民气壮，欢呼独立歌声激。赞南天浪涌砥中流，巍然立。

1963 年 4 月

满江红·欢迎我国运动员自新运会载誉归来

印尼中华，自古有，商船使舶。风信乘，扬帆过海，往来南北。回忆患难同际遇，益知甘苦分休戚。喜邻邦体育会群英，开新局。　　波浩渺，无阻隔；巨轮返，载归客。喜神州跃进，从容不迫。已历艰辛驱虎豹，仍须惕励防沙螆。看今朝新运起东方，如红日。

1963 年 12 月

永遇乐·拉合尔纪游

故国王都，城楼高处，铜角声起。武士兜鍪，雁行鹄峙，吹奏斜阳里。阶前草色，台中湖影，天际彩球谁系。戏清波，幽禽来去，喷泉水帘珠细。红毡锦帷，华灯绿树，伞盖如云垂地。仪式庄严，语言诚挚，倾友邦情谊。悠悠传统，洋洋风格，盛会如斯堪记，早留得，千尺彩片，千年共喜。

1964 年 6 月

迁　居

青青松与柏，亲手栽堂前。倥偬已八载，树冠高过檐。寒暑曾同度，炎凉尽共谙。前从外地去，伤怀别往年。而今遽迁居，长辞竟黯然。世事叹须臾，独尔长滋繁。

印会河

（1923年生）号枕流，江苏靖江人。原中日友好医院副院长。

携眷北海泛舟

未挂游帆几缕蒲，依然浪迹托江湖。
身轻语软心初醉，风飔霞飞面似酥。
水底天开云淡泊，山头日落塔模糊。
欲留长夜浑无计，却恨楼西月影孤。

雪

何物包荒饰大田，嘘将口气蔽苍天。
千门缟素迷清浊，万树银花不后先。
山自无声山已变，海犹鼓浪海难填。
伫看禹甸春回日，紫姹红嫣色色鲜。

勉儿曹努力工农

燕市吴江两鬓尘，廿年仆仆损蹄轮。
频惊老病还多故，窃喜门庭又一新。
劳动应成劳动手，读书莫作读书人。
儿能勤朴余心泰，作好工农便养身。

屠 岸

（1923 年生）原名蒋璧厚，江苏常州人。曾任人民文学出版社总编辑。译著有《莎士比亚十四行诗集》及南斯拉夫名剧《大臣夫人》等。

板 仓

白发青丝同穴眠，我来凭吊亦潸然。
彩虹高挂芙蓉国，英气长留天地间。

1977 年 4 月　湖南长沙

访雁翎油田

梁庄迤北邸庄东，极目波平接远空。
绿浪千层云塔叠，苇丛百转汉河通。
长怀淀上雁翎将，化作湖边钻井工。
如火青春献祖国，古潜山上见奇峰。

1978 年 4 月

访八大山人故居

八大山人有故居，青云圃挽碧莲湖。
叩环只待榍迎客，问径欣逢花结庐。
啸傲仲昆留浪迹，佯狂哭笑入浮图。
一生三绝诗书画，笔落人惊硬骨殊。

1978 年 10 月　南昌

登鼓山

鼓山雄踞大江边，似鼓圆峰霄汉间。
古木幽深藏宝刹，奇花馥郁示灵泉。
崖镌劲笔疑飞舞，溪映清辞走蜿蜒。
深谢主人茗味厚，归途两袖带霞烟。

1978 年 11 月　福州

王绶琯

（1923年1月生）福建福州人。天文学家。1945年赴英国留学，曾被聘为伦敦大学天文台助理天文学家，1953年回国就职。1980年当选为中国科学院院士，历任中科院北京天文台台长、名誉台长。曾担任中国天文学会理事长、中科院数学物理学部主任。

重过金陵暮归次唐稚松先生韵

梦逐春江月魄回，云间微睇怯秦淮。
市门艳接乌衣巷，花雨烟飘烈士台。
问讯梅园春小驻，寻踪古渡晚归来。
蓝桥幸结三生约，珍重莫愁莫浪哀。

冒雨吉

（1923 年生）江苏如皋人。1942 年 9 月参加革命工作。曾任山东军区前导报社总编辑，解放军报社评论处副处长。北京诗词学会会员。

有感于刘仁蒙冤

浑身都是胆，虎穴建奇功。
断魂秦城月，悲夫盖世雄。

有感万人送赵妈

万人送赵妈，艺海几曾闻。
偌大明星族，独尊敬业人。

有感下岗军嫂仓世琴

享誉破烂王，军嫂创辉煌。
透视人生路，风光贵自强。

有感药物广告

明星汇广告，溢美展风采。
谁省千金酬，几多血汗债。

有感"鸭绿江断桥"

端桥与断桥，一字差千里。
何事最堪悲，取材不取义。

刘瑞莲

（1923 年生）女，四川阆中人。中国人民大学中文系教授。

甲戌岁暮书怀四首

（一）

京国幽居四十年，窗前幼树欲参天。
大千世界藏人海，东四十条寄府椽。
晚景夫妻甘淡泊，盛世儿女各腾骞。
锦城阆愿浑如梦，回首韶颜也怅然。

（二）

百岁光阴似转蓬，黎民爱憎总由衷。
府前罪迹段祺瑞，身后荣名张自忠。
进出街门增感喟，优游文史自从容。
小楼又见梅花发，相对无言气类同。

（三）

堪悲长吉不长年，帘卷西风只自怜。

为遣有涯耽著述，引为同调乐丹铅。

书成二李常持卷，情远三山欲放船。

更惜馀春笺四杰，几回翘首看飞鸢。

（四）

曾向他邦赋远游，天伦至乐可忘忧。

陆离世界原多变，狷介情怀有所投。

还我故园息倦影，又逢新岁豁吟眸。

长安车马纷纷里，笔砚劳劳总未休。

朱毅英

（1923-2003）广东惠来人。家居北京，曾供职中国社会科学院。

恒山悬空寺

危楼险阁一重重，蜷伏翻腾上碧穹。
北倚翠屏临峡谷，面朝天岭仰青松。
傍崖栈道惊魂路，凿洞横梁鬼斧功。
车上遥看悬寺处，巍然峭壁画虬龙。

读胡志明《狱中日记》诗抄

白首囚诗血泪篇，辛酸日记扣心弦。
举旗忽陷黑牢狱，飞梦犹传苍鹘拳。
笼里长悲瓯碎地，牖前几望月圆天。
历经憔悴东寒日，赢得辉煌独立权。

访西山曹雪芹故居

日照陋居竹影稀，河墙烟柳护低篱。
古槐掩舍阶苔绿，僻径通扉乳燕啼。
假语村言嘲世态，长天厚地叹痴迷。
十年苦作红楼梦，血泪辛酸湿布衣。

谒马六甲三宝公祠

三宝公祠圣像新，睦邻史曲久传闻。
荷兰古堡证奴役，明使艨艟礼贵宾。
七下西洋常莅马，无侵寸土未屯军。
惠风广被佳名在，留得甘泉泽后人。

李天赐

（1923 年生）河北玉田人。家居北京，曾供职中国社会科学院。

小　草

离离小草碧成茵，凝翠馨芳自性真。
无视冰霜兼野火，春来大地吐清新。

灵　渠

秦皇张伟业，将吏固多才。史禄凿灵渠，百粤为之开。湘漓接自此，文物岭南来。渠成三将殁，天地人共哀。两千二百载，将军冢沉埋。陡门三十六，弃置已成埃。人字铧犹在，鳞石何壮哉。咫尺分楚越，激流两厢排。沿堤多杨柳，尽是后人栽。观临深感慨，抚今装满怀。

欧阳瑞林

（1923 年生）亦名欧炀，祖籍安徽萧县，解放军总政治部离休干部。原总政老干部学院副院长。著有《欧阳瑞林诗词稿》。

窗前那片竹

本是邻家手自裁，十年成片掩窗台。
春秋冬夏总青翠，不比时花开后衰。

夜宿京郊山村

到时已是黄昏后，好客房东忙泡茶。
月下谈及村里事，笑答多有小康家。

胡耀邦同志九十冥寿祭

总是青春火一团，风尘四季不知闲。
激扬改革平冤案，直把丹心昭地天。

方　言

（1923年生）曾任《西满日报》编委，1949年到新华社工作，后任新华社新闻研究所所长等职。著有《新闻初探》一书。

太原狱中

身遭缧绁缘何罪，斗室蜗居意不平。
窗外云天飞日月，枕边烟梦送晨昏。
岂因嫉恶偏乖运，未肯知非已倦心。
安得一隅容我隐，明朝风雨任纵横。

满江红·太原狱中

暮暮朝朝，七百日、尘离世隔。团圞夜，几番晴晦，几回圆缺。燕子歌残魂梦冷，秋虫曲罢音书绝。卜归期、无语问西风，空呜咽。　　桑榆愿，终难灭。鸿鹄志，岂能折。更何如、作个感人永别。一世悲欢君莫叹，百年功罪谁堪说。信茫茫、长夜有穷时，东方白。

李瑞琪

（1923 年生）原籍山东。曾任北京市公安局公安医院院长。

怀念战友于苇同志

山东健苇几经霜，白首心虚活力强。
秋暮情深送归雁，甘为席垫护花房。

江金惠

（1923年生）安徽全椒人。北京市成人教育学会荣誉理事，《中国教育大辞典成人教育卷》编委。著有《论莎士比亚及其十四行诗》以及《玉屏楼吟草》等。

读史有感

掩卷深思夜已残，千年往事品评难，
秦王有道谁无道，历史还须颠倒看。

浣溪沙·农村即事二首

（一）

百里山环十里原，清溪水映柳如烟，几家农舍夕阳边。村后菜花黄到屋，门前麦浪碧连天，看来又是一丰年。

（二）

飒飒秋风秋夜长，小村灯影映横塘，南瓜架唱纺纱娘。　农事已随秋意尽，房中好梦正甜香，月华潜入碧纱窗。

沁园春·乌江怀古

倦旅归来，又赴吴头，未息游骢。过乌江古渡，茫茫秋水，寒风瑟瑟，芦白枫红。遥忆当年，彭城兵败，至此英雄道路穷。空刎颈，叹徒存义气，不过江东。　　帝王谁不枭雄。听刘季回乡歌大风。但鸿门宴上，诚惶诚恐，兄尊项伯，貌似谦恭。衣锦还乡，威加海内，诛杀功臣不动容。凭临久，看苍山夕照，江上飞蓬。

声声慢·雪

漉漉奕奕，扰扰纷纷，蔼蔼麻麻密密。若絮因风，簌簌乱侵帘隙。凭栏远看寰宇，蓦惊奇，千峰成璧。瞩阡陌，审楼台，不似旧时相识。　　已使寒鸦失色，但依旧，扬扬洒洒萦积。白屋荒村，此际怎生将息？朱门舞厅酒肆，掷千金，竟无人惜。欲问取，夜沉沉，天地俱寂。

沙　地

（1923 年生）蒙古族，福建福州人。新四军老战士，北京外交学院法语教授。曾为《老战士诗文集》副主编、北京诗词学会副会长。

皖南事变五十周年寄泾县县委

皖南事变五零春，云岭青年白发新。
成败由人论功过，死生我辈友情真。
项英为党千辛苦，叶挺治军少有伦。
时代英雄时势造，大公无我是完人。

七　律

抗日皖南同险艰，并肩敌后正青年。
老兵暮岁唱传统，战友金婚庆寿筵。
四代同堂重身教，一生廉洁始乔迁。
八旬家国皆兴旺，更喜诸孙务学先。

为北京紫竹院斑竹麓题

奇竹出湘沅，花纹如泪圆。相传尧二女，父命妻虞贤。瞽象忒凶恶，重华孝友先。襄尧廿八载，妃后共耕田。花甲舜称帝，南巡崩百年。娥英追不及，挥泪竹斑然。幽美斑竹麓，倍增花木妍。湘妃双玉女，筠石伴溪泉。中外游人至，影留碑像前。

岳 军

（1923-2007）原名岳新，吉林伊通人。1935 年参加抗联。历任总参某部副局长、局长、副部长、顾问。著有诗集《鸿爪集》。

抗联生活七首（录五）

脚 印

皑皑雪地昼行军，大队足痕似一人。
后脚踩合前脚印，瞒天过海计如神。

雪 屋

雪厚深掏洞，天窗望九重。
坐围篝火暖，梦入水晶宫。

军 装

英雄女子巧天工，新式军装白布缝。
水煮柞皮为染料，借来树色战秋冬。

密 营

木屋藏在老林中，储备粮油为过冬。
几处密营知者少，山穷水尽始开封。

情 报

黄昏进驻山村内，梦里惊闻狗叫声。
反日会员来报告，伪军传出日军情。

徐 康

（1923 年生）原名刘鸿纲，河北曲周人。长年在京从事教育工作，中国书法研究会常务理事，中华诗词学会会员，中国楹联学会会员。著有《徐康诗词百首》。

读安捷同志《古都忆旧》

理想追求六五春，耄年挥笔写征尘。
勇传地火千重险，苦历监牢百炼纯。
比翼长空精卫鸟，相濡浩劫涸鱼身。
凝眉掩卷动心魄，继往开来待后人。

某君参加学习会

度假村中去学习，山光水色启心扉。
三餐顿顿佳肴美，两倒呼呼好梦随。
书上文章抄几段，口头信誓表一回。
此番会议多收获，袋里装来名产归。

如梦令·听央视《百家讲坛》刘心武揭秘红楼梦

欲问可卿何许？原是康熙孙女。忽被那元妃，
邀宠戳穿老底。揭秘，揭秘，胜似儿童猜谜。

拜读《林昭遗诗》敬悼林昭烈士

拜读遗诗动我魂，血书字字泪中吞。
众人犹醉独先醒，真理难求苦自奔。
情系故园节不改，身投鼎镬志长存。
自由火种安能熄，民主花开待后昆。

读《次韵奉和林昭女史九章》感呈刘友竹先生

捧读君诗见赤心，林昭女史有知音。
沉冤虽雪恨常在，浩劫曾经情愈深。
殷鉴不思翻隐讳，警钟重击振聋暗。
天涯同洒老来泪，烈士遗书再共吟。

戴巍光

（1923 年生）浙江嘉善人。1949 年到中央侨务委员会工作。
1975 年被聘任为北京市文史研究馆馆员，1984 年被聘任为中央文
史研究馆馆员。著有《洪门史》《中国名胜大典》等。

游镜泊湖

明湖长百里，翠带隐游龙。
旧堡馀危壁，孤云障远峰。
珠门迎晓韵，宝镜纳秋容。
万绿环归艇，深湾又几重。

抗日战争胜利五十周年纪念

愤矣八年劫，哀哉千万魂。
东条虽伏法，馀孽偶胡论。
淡淡卢沟月，巍巍祖国门。
周年今五十，雪耻告儿孙。

游怀柔县幽谷神潭

神潭幽谷景，奇异出天然。

拔地危峰起，凌空剑石悬。

日高挥汗水，径曲赏山泉。

一笑终登顶，端凭意志坚。

1999 年 7 月

王佐邦

（1923年生）江苏南通人。1940年参加新四军，曾任《战士报》总编，总政治部主任，办公室副主任，总后勤部首长办公室主任，《解放军报》时事政策宣传部主编。著有《诗词津梁》。

西江月·解放沈阳前赴敌营谈判

正要瓮中捉鳖，却来虎穴龙潭。项庄迎我一枪丸，妄把鸿门搅乱。早已包围收紧，更将捷径详探。蓦然帐主变南冠，不费唇枪舌战。

1948年11月

访刘公岛

甲午风云甲午涛，声光电控演前朝。
闱争亲政戎机误，庭腐降和覆灭遭。
折戟沉沙狮梦醒，毁篱破户马关条。
回眸现世东洋镜，参拜寇宗"台独"嚣。

陈维仁

（1924 年生）云南武定人。1949 年毕业于清华大学经济系。新中国成立后曾为《人民日报》编辑，历任中共中央党校办公室副主任，文史教研室副主任，进修部主任，副校长。

怀念耀邦（录一）

戎马倥偬为大同，十年开拓振雄风。
壮心难酬忧国运，神州功盖有三中。

1988 年 9 月 3 日

陈贻焮

（1924-2000）字一新，湖南新宁人。北京大学中国语言文学系教授，中国古代文学博士生导师。著有《唐诗论丛》《杜甫评传》等。

送小女友庄参军

不拟左思娇女诗，临行旋课木兰辞。
平居总觉孩提态，握别才惊少女姿。
非是从军怜老父，只缘爱国似男儿。
十年自信耶娘健，出郭相迎奏凯时。

1977 年

冬日西湖

春花秋月媚幽姿，淡抹浓妆各自宜。
要识西施清绝处，铅华洗净是冬时。

1978 年

羊城寄北

休嗟岭外即天涯，再宿飞车便到家。
亲制寒衣须暂脱，满城开遍紫荆花。

1978 年

冯其庸

（1924年生）号宽堂，江苏无锡人。1948年毕业于无锡国专。中国人民大学中文系教授，文化部中国艺术研究院红楼梦研究所所长，中国文字博物馆首任馆长。著有《春草集》《逝川集》等。

感　事

千古文章定有知，乌台今日已无诗。
何妨海角天涯去，看尽惊涛起落时。

1966年

香山访曹雪芹遗址二首

（一）

千古文章未尽才，江山如此觅君来。
斜阳古道烟村暮，何处青山是夜台。

（二）

秋风红树归庭院，剥落粉墙馀謇言。
影里蚴蛇谁写得，依稀犹识抗风轩。

1975年

题苏君墨竹图

与可画竹有成竹，东坡居士食无肉。醉来挥毫取灯影，风动凤尾森簌簌。与可曾传筼筜谷，至今士林重金玉。东坡亦有此君图，流向域外何处索。今见苏君作长卷，慰我长年久寂寞。空谷幽兰亦多情，望美人兮天之角。

1980 年

终南山杂事

三秋未获故人书，春到滈河忆旧居。
细雨槐香当日梦，满庭月色尚如初。

1965 年

聂大鹏

（1924 年生）河南固始人。1942 年加入中国共产党。1939 年参加革命工作。曾任总政文化部副部长，北京诗词学会顾问。

西江月·赞老战士合唱团

台上战歌嘹亮，尽皆白发老兵。馀音缭绕震长空，不减当年英勇。　　昔日战胜敌寇，如今顶住邪风，歌声唤起老中青，永记优良传统。

胡念贻

（1924-1982）湖南桃江人。曾任中国社会科学院文学研究所研究员。

西江月·天安门悼念周总理（二首录一）

浩荡江河流水，苍茫大地风烟。遥看碧海与青天，那禁心伤泪泫。　　革命功垂宇宙，胸怀吞吐山川。誓承遗志更加鞭，何惧千难万险。

1976 年 4 月

过娘子关

一关雄踞太行山，万里风烟指顾间。
峻岭千盘通晋潞，丸泥一坂走幽燕。
倚岩犹见将军垒，映日回看绝壁泉。
今日高原堆锦绣，水环云岭护梯田。

1979 年 2 月

临江仙·成都杜甫草堂

花径柴门人远，古今心事悠悠。清溪日日抱村流，却看梁上燕，相近水中鸥。　　千种风情笔底，万家忧乐心头。纷纷儒法岂同俦。江河流万古，谣诼等轻沤。

1979 年 2 月

葉嘉莹

（1924 年生）生于北京，女，满族，加拿大籍华人。北京辅仁大学毕业，加拿大不列颠哥伦比亚大学亚洲研究系教授，现为南开大学中华古典文化研究所所长，博士生导师、中央文史研究馆馆员。著有《迦陵词稿》《灵谿词说》（与缪钺合著）。

过兖州

垂老归乡国，逢春作远游。
因耽工部句，来觅兖州楼。
平野真无际，白云自古浮。
千年诗兴在，瞻望意迟留。

游曲阜

曾叹儒冠误，当年杜少陵。
致君空有愿，尧舜竟无凭。
毁誉从翻覆，诗书几废兴。
今朝过曲阜，百感自填膺。

登泰山

髫年吟望岳，久仰岱宗高。

策杖攀千级，乘风上九霄。

众山供远目，万壑听松涛。

绝顶怀诗圣，登临未惮劳。

游济南

历下名亭古，佳联世共传。

因兹怀杜老，到此诵诗篇。

海右多名士，人间重后贤。

词中辛李在，灵秀郁山川。

踏莎行

黄菊凋残，素霜飘降，天涯不尽凄凉况。丹枫落后远山寒，暮烟合处空惆怅。　　雁作人书，云裁罗样，相思试把高楼上。只缘明月在天东，从今唯向东天望。

1978 年

袁 鹰

（1924 年生）原名田复春。江苏淮阴人。曾任《人民日报》文艺部副主任。有《红河南北》《江湖集》等。

金缕曲

　　锦绣都城好。记当年，狼奔豕突，雷轰电扫。滥炸狂投四十万，剩得颓墙荒草。艰危处英雄不倒。铁骨铮铮身手健，废墟上重把家园造。挥彩笔，描新稿。　　廿年心血知多少？试平章：妄言呓语，空余笑料。今日牡丹峰上望，满眼高楼广道。写不尽柳京新貌。花树满城春似海，大同江细浪腾欢笑。千里马，正飞跃。

贺敬之

（1924 年生）山东峄城人。著名诗人，《白毛女》歌剧作者，曾任中宣部副部长、文化部代部长等。著有《贺敬之诗书集》《贺敬之文集》等。

三门峡歌

望三门，三门开："黄河之水天上来！"神门险，鬼门窄。人门以上百丈崖。黄水劈门千声雷，狂风万里走东海。望三门，三门开：黄河东去不回来。昆仑山高邙山矮，禹王马蹄长青苔。马去门开不见家，门旁空留梳妆台。梳妆台啊千万载，梳妆台上何人在？乌云遮明镜，黄水吞金钗。但见那：辈辈艄公洒泪去，却不见：黄河女儿梳妆来。梳妆来啊梳妆来！黄河女儿头发白。挽断"白发三千丈"，愁杀黄河万年灾！登三门，向东海：问我青春何时来，何时来啊何时来，盘古生我新一代。举红旗，天地开，史书万卷脚下踩。大笔大字写新篇：社会主义我们来！我们来呵，我们来，昆仑山惊邙山呆。展我治黄万里图，先扎黄河腰中带。神门平，鬼门削，人门三声化尘埃。望三门，门不在，明日要看水闸开。责令李白改诗句："黄河之水'手中'来"。银河星光落天下，清水清风走东海。走东海，去又来，讨回黄河万年债！黄河女儿容颜改，为你重整梳妆台。青天悬明镜，湖水映光彩：黄河女儿梳妆来。梳妆来啊，梳妆来。百花任你戴，春光任你采，万里锦绣任你裁。三门闸工正年少，幸福闸门为你开。并肩挽手唱高歌，无限青春向未来。

李野光

（1924 年生）原名李光鉴，湖南涟源人。原中国社会科学院外国文学研究所《世界文学》编辑部主任，中国作协会员。著有《风沙集·李野光诗选》等。

东岳除夕

雪化冰凝薄暮天，伶仃挑粪走颠连。
不闻佳节杯盘味，似觉亲朋笑语喧。
阶级但知长夜斗，乾坤何损醉时眠。
只因妻女遥怜我，泪洒泥途赎此愆。

张志新像赞

海外多奇论，纷纭讼域中。斑斓一页里，偶尔见君容。秀发如云黑，凝眸作两泓。巾裳犹楚楚，神采独茕茕。顾我疑相识，恍然息息通。卅年心事在，血泪已交融。恨以红羊劫，吾民苦四凶。苍天竟聩聩，大地固庸庸。君乃震天鼓，君为撼地钟。奈何刀斧下，唯见血花红。花也如新月，盈盈耀碧空。修眉扬剑气，睥睨万夫雄。壮矣哉，今日见君君未老，声如雷吼势如龙。凛然示我人生自有喉和舌，岂是隆冬一蛰虫。

缅怀马寅初校长

民主豪情忆广场，先生健魄骋高冈。

无如一论惊神鬼，卒令千山种稻粱。

举世滔滔诛谔士，群贤诺诺赞明堂。

小园叶落公能老，谁与神游怅大荒。

七十自嘲

回首几曾识大千，诗囊鹤鬓两萧然。

老夫耄矣甘人后，斯世由之计眼前。

但作扪心无愧语，犹吟过目即忘篇。

何须夜夜观河汉，独倚楼台向九天。

中秋怀小亚

异国身如寄，今宵月独明。

孤悬临万里，磊落对平生。

便有团圞意，难堪远别情。

高楼谁共语？塞雁莫长听。

张定一

（1924-2010）土族，青海大通人。中央民族大学藏学研究所原副所长。

丈八沟拾记

两排茅屋横沟壑，一道清溪汇冷泉。
世外山村同度日，桃花源里共耕田。

故乡梦

西宁日异使人惊，黄土高原气象更。
河引四山千树罩，路开八面五洲迎。
市衢楼阁排云汉，水坝虹桥通海程。
萦梦故乡图画美，烟霞万里寄深情。

咏　柳

花木优先咏柳功，绿烟碧雾写春风。
大昭寺庙门前翠，远塞丝绸路上葱。
树影婆娑斜径外，莺声婉转密林中。
垂枝拂面离人诉，万绪千头梦不穷。

江城子·由郧阳沿汉水西上至南郑

奔流汉水汇千川。左涓涓，右湍湍。撞去跌来，穿谷辟层峦。南北东西千里泻，翻巨浪，卷狂澜。　　古来血泪洒江天。起烽烟，扭坤乾。北战南征，赤县换人间。一路高歌铺锦绣，挥彩笔，绘河山。

黄祖洽

（1924 年生）湖南长沙人。理论物理学家。1948 年毕业于清华大学，1980 年任北京师范大学教授。同年当选中国科学院数学物理学部委员（院士）。有诗收录于《当代科学家诗文选》。

游东坡赤壁见江水浑浊有感

东坡二赋传千古，赤壁而今文胜武。上溯周曹鏖战时，烟消火熄空馀土。遥想苏子岁再游，山川风月两悠悠。壁同赤兮地则异，地以人传良有自。今新古迹待游人，讲武修文今古事。我登览兮思无穷，大江东去似黄龙。水土失调胡至此，中华血流何时止。但期绿化涵水源，万里长江景色鲜。

1982 年 5 月

罗哲文

（1924-2012）四川宜宾人。文物古建筑学家。1946 至 1949
年在清华大学中国建筑研究所任建筑助理。1950 年在国家文物局
工作，曾任国家文物局古建筑专家组组长、北京市文物保护协会
顾问。有诗收录于《意匠集》。

别李庄

三叠阳关唱不停，催航汽笛一声声。
难分难舍长回望，月亮田边情最深。

丙戌 1946 年

山海关

长龙拔地起临洮，越过千山万岭遥。
直下燕山联险塞，飞奔宁海饮惊涛。
环球众说称奇迹，宇宙航观见峻标。
秦皇明祖今安在？唯有民功永不凋。

1973 年

居庸四咏（录一）

三十馀年岁月驰，巨龙腾舞焕新姿。
轻车飞渡居庸道，不似骑驴上岭时。

1984 年

吴 方

（1924 年生）原名吴锡光，四川西昌县人。1949 年毕业于清华大学社会学系。1973 年任最高人民检察院办公厅副主任等职。著有《到农村去》《浮生十纪》等书。诗词收录于《十年冷凳斋诗草》。

无 题

漫天铁翼逞凶图，血染芙蓉万点朱。
史笔应书七二七，敌机百架炸成都。

1941 年

"一二·一"烈士挽诗

昆明风紧黄云突，滇池怒吼西山哭。汹汹野兽走成群，白日无光瘴烟毒。榴弹横来热血迸，志士成仁岂惜生。振臂高呼打走狗，壮哉身死目犹睁。为争民主而战死，万众知君死非死。血中开出自由花，此是人人心愿耳。浊酒一觞来吊君，痛哭山河热血倾。有朝百姓抬头日，再到坟前慰烈魂。

1945 年

王树声

（1924 年生）北京市人。长期从事教育工作，钱塘诗社理事，中华诗词学会会员。

登长城

几经风雨几经秋，万里长城此尚留。

漠北胡沙埋战骨，江南归燕动春愁。

铁衣戍守边庭月，锦袍歌舞汉宫秋。

如今不寄征夫怨，快览中华六百州。

王永成

（1924 年生）山东昌邑人。原中华总工会机关党委书记，著有《曹州牡丹诗》。

水龙吟·龙庆峡冰灯展

冰封龙庆流波，琼城壁垒薄云际。上元灯会，神龙布雨，燃冰炽玉。树发凌花，皆生白露，夜明星启。更蓬莱仙境，宫中人物，诗与画、今和史。　　心共跨虹飞岭，问其间，何来旖旎？天公鬼斧，班门弟子，刻情镂意。继往开来，宏扬文化，频添瑰丽。唤白头愚叟，诗和尊韵，抒怀神醉。

孙 乃

（1924-2009）别名孙啸，原籍河南。曾任《人民日报》海外版主任编辑。生前为中国书法家协会会员，中国老年书画研究会创作研究员，北京诗词学会顾问。

《人民日报》创刊四十周年感赋

世情多变异，往矣四十春。
回首崎岖径，深知创业辛。
实践验真理，何惧多棘榛。
四化前程路，芳草正莘莘。

王裕光

（1921 年生）山东诸城人。北平辅仁大学国文系毕业，曾任师大助教，师大附中副校长。北京诗词学会会员，崇文嘤鸣诗社社员。

北海之秋

出浴寒鸦起翠池，残花零落影参差。
画船不渡西风怨，石壁空余感旧诗。
秋水秋云成纪念，红蓼红叶奈相思。
夕阳已过君休去，好把苍凉伴菊枝。

什刹海杂咏忆旧

湖畔桃花开似锦，楼边柳絮惹人衣。
昨宵微雨添新涨，初见蜻蜓点水飞。

浮瓜水藕斗尝新，夹岸笙簧百戏陈。
一曲清歌风过后，等闲应是采莲人。

繁华昨与芙蓉谢，野渡横舟意转迷。
远处楼台含夕照，两行秋叶掩长堤。

北风一夜黯湖光，古木萧疏鸦阵藏。
欲雪浓阴天寂寞，行人踏碎小桥霜。

李铁壁

（1924 年生）河北河间人。中科院自然科学研究所主任。中关村诗社社员。著有诗集《半闲堂杨花集》。

满江红·喜迎香港主权回归

两制生辉，基本法，山明水彻。良辰把、炎黄儿女，众情激越。九七普天同庆日，百年共赏团圆月。壮国威、华夏振雄风，天高阔。　　忆往昔，心刺铁。海防骨，三元血。赖林关浩气、万民忠烈。昏聩终成千古恨，英明始有今朝雪。莫忘怀，当证虎门村，烟池列。

菩萨蛮·怀柔水库

高堤元坝如屏岭，熏风阵阵催红杏。隔岸晓岚青，朦胧烟柳中。　　碧波堤上路，早晚游人处。磁塔圣朝晖，平湖燕子飞。

施鹏九

（1924 年生）江苏省南通市人，1940 年入伍，曾任后勤学院政治部副主任、顾问等职。北京诗词学会会员。

抗洪前线子弟兵

一身雨水一身泥，不顾安危只顾堤。
哪里急需奔哪里，抗洪险处有戎衣。

瞻仰人民英雄纪念碑

仰望高碑耸碧云，玉栏护座石雕珍。
披坚执锐千遭险，创业开基百世春。
赫赫功勋留史册，堂堂英气育来人。
万民崇敬巍然立，无惧风烟永葆新。

常法宽

（1924 年生）安徽颍上人。教授。中华诗词学会会员，香山诗社副社长，陕西省老年诗词学会名誉会长。出版有个人诗词集《绿窗吟稿》等。

蝶恋花·咏菊

俏自盘桓山下路，耀眼金英，最是留人处。冷落西风吹不去，馀香犹觉沾衣袖。　　仰望云天时欲暮，晚雨潇潇，霜叶飘千树。浊酒一杯情万缕，索笺惯写胸中语。

八哀诗（录四）

（一）

每忆哀声哭丙辰，世间悼念最情真。
光明磊落威名重，宵食盰衣万众亲。
日理万机勤国事，夜思救助困中人。
鞠躬尽瘁嶙峋貌，何处秋风扫墓门。

（二）

马列精研理论深，为民为党建功勋。
白区斗敌多谋智，主政清廉忘自身。
锐眼观察新世界，经济规律应遵循。
忽然炮打贴墙报，天大奇冤日月昏。

（三）

叱咤沙场盖世勋，威风凛凛大将军。
直陈万语成何罪，雾隐庐山不辨真。
曾赞三线功好好，又听游斗乱纷纷。
广场流血亲身见，犬吠猎猖日已曛。

（四）

文武全才最善谋，惊涛骇浪历春秋。
南征北战扫残寇，磊落光明爱友俦。
曾记诗家初雅集，犹闻笑语数风流。
屈冤含恨飘零去，长剑横磨刺共雠。

【注】

四首依次哀悼周恩来、刘少奇、彭德怀、陈毅。

苏仲湘

（1924-2009）湖南冷水江人。新华社离休干部、文史学者。原北京野草诗社副社长兼主编，新华诗社副社长兼常务副主编，中华诗词学会发起人之一。著作有诗文集《栽花插柳堂杂草》《论语纂释》《数，科学的语言》（译著）等。

自"山西干校"归京偶作

踏破中条壑底泥，百年心事梦依稀。
何期白首归来夜，又看痴虫绕焰飞。

佛雏老友自维扬诣京，欢然道故赋赠

维扬旧是神仙地，歌舞而今渺不攀。
休抚琼华寻昔梦，还临远海景孤帆。
青春战斗萦残忆，志士馀年惜往还。
今日倾杯同一笑，且凭渌酒饰朱颜。

菊　意

披得斜阳作淡妆，一篱璀璨证秋光。
身经劫难余风骨，花历霜寒奋晚芳。
陶令酒阑原慷慨，颦儿诗罢转悲凉。
何当醉裹黄金甲，立马边城看大荒。

读慎之兄文，感赋一律

书生抵死忧邦国，又见高云鹗唤曦。
贾傅过秦成独语，饮冰清议牖群思。
倾将淑世江河泪，铸就横空智勇词。
疗得头风天亦老，闭门夜读念君时。

鹧鸪天

淡柳秾花又蝶初，潇湘依旧绿平芜。何时眼底来双燕，容易春风袭短裾。　　同盛世，惜离居，江南银月几回腴。酝酿记得玲珑约，还教繁枝过小庐。

吕千飞

（1924-1987）生于山东济南，原籍四川。1948 年毕业于北京师范大学英语系。1980 年 2 月调入北京第二外国语学院英语系任教，1987 年评为教授。主编有《中国国史故事》《世界史》《格律诗写作》等。

再咏碎布

裁馀剪剩动盈筐，破碎生涯莫自伤。
无分补天犹补裤，人间守拙菜根香。

1976 年

正　逢

正逢花放柳新舒，铁案人言尽子虚。
噩梦觉来犹有泪，茅庐抄后更无书。
敲针画纸居家日，触目惊心上钓鱼。
为谢回天佛法大，敢夸报国好头颅。

1979 年

午夜不寐遥想海北诸公

野草芳侵海北楼，频看独倚慨歌休。
弹冠盛世廉颇健，觅句非才贾岛愁。
二十春秋惊变乱，八千子弟死刑囚。
诗香许我宽三柱，写出狂歌带泪流。

1979 年

番茄青小

闹市长街旭日烘，提篮逐队兴匆匆。
人逢酸涩皆愁绿，柿历闲藏竟转红。
离本好知亏地力，居安何敢冒天功。
盘餐一试分滋味，假熟真鲜了不同。

1979 年

谢　师

西苑春花聆教早，照澜水木拜师迟。
风尘错连心难死，萤雪锥悬志未移。
报国激昂班马意，归京惭愧豫荆知。
飘零且喜微生在，血荐炎黄答圣时。

1982 年

林 锴

（1924-2006）福建福州人。长期在人民美术出版社工作，一级画师。出版发行有《林锴画选》《林锴书画》《林锴书画集》《苔文集》（诗集）。为中国美术家协会、中国书法家协会、中华诗词学会会员、中央文史研究馆馆员。

归轪感赋（录四）

（一）

五柳当门尚未栽，殷勤猿鹤几番催。
玄龟知分支床老，青蚓多情走笔来。
铁树不花容有待，冰山无骨莫轻偎。
万般行业从头数，谁是生财一等才。

（二）

世路谁云脚力殚，却惊天步转蹒跚。
白榆岂是人间种，灵笈空夸祖上丹。
七里濑荒疏把钓，九重日丽竞弹冠。
闭门自写平安竹，留与他年话岁寒。

（三）

己是萧然槁木身，犹贪笔研坐鸡晨。
才艰一斗腹何俭，帛许千金家不贫。
遍市数钱工姹女，临关望气杳真人。
家山可隐终难隐，欠涤襟间数斛尘。

（四）

坠波日影逝难留，食字能仙几代修。
未暇南山锄菊径，仍随东野作诗囚。
交情何似哥们铁，世业真堪我辈羞。
赖有传家图卷在，江山万里恣神游。

食字难（录一）

词赋连城苦自珍，万元富户彼何人。
才堪白卷能惊座，德配黄金不铸身。
室小空怀龙伯国，楼高厌与玉皇邻。
盘餐苣蕾长相对，赢得蟫鱼老更亲。

陈 朗

（1924 年生）浙江温岭人。原《戏剧报》编辑。1958 年被打成"右派"，从北京送甘肃省改造。著有《西海诗词集》《瓯斋戏剧杂咏》。

与友人煮茗夜话

浮生谁不日奔波，对景流年易掷梭。
蹈险未看高鸟尽，钻营仍见聚蝇多。
凉天雨过愁还织，午夜杯空慨继歌。
我骨未衰君及壮，不须箫剑两蹉跎。

1965 年

水调歌头

未是归来晚，有妇正当垆。玉山未倒，纵然倾倒仗卿扶。莫道生涯烂醉，须信中宵清醒，八尺枕龙须。天气方初肃，白日自踟蹰。　听鹈鹕，赋鹦鹉，唱鹧鸪。新词虽好莫写，但著腹中书。奉汝红绡十万，还我青春年少，两鬓未全疏。风物长如此，不乐待何如。

1967 年

浣溪沙·呈俞平伯先生

词客飘零亦可踪，一番红事只匆匆。灌园未辞作村翁。檀板曾敲充鼓佬，鼻头自画扮琴童。近闻意态更从容。

1985 年

满庭芳·自编瓿斋戏剧杂咏书稿成赋此代跋

东海狂生，西陲迁客，乍归双鬓成霜。仗他檀板，容我唱黄粱。岂是包浆赞礼，巾袍破、愧对东塘。新歌扇、如还再谱，应亦带阴凉。　　荒唐，多少事，凭教换取，作戏逢场。看般般诸色，谁个当行。渐次凋零顾曲，且歌咏、乐府声扬。情怀在、支离病骨，一副旧肝肠。

1985 年

廖仲安

（1925 年生）原名尹彦辉，四川西昌人。新中国成立后历任北京市教育局、中共市委宣传部及教育部干部，北京师范学院中文系教授，北京作家协会理事，《文学遗产》季刊编委。著有《陶渊明》《反刍集》等。

车过五指山

一山才过一山拦，五指山高路百盘。
黎寨汉村纷出没，梯田种入暮云边。

1978 年

西安赠老同学林世高

学诗访古过长安，故友重逢忆昔年。
岁月如流儿女大，交情依旧鬓毛斑。
沉冤昭雪免为鬼，旧业重操不羡仙。
但愿都门重聚首，巴山新话共开颜。

1979 年

昭　陵

创业垂基百战中，虚怀纳谏想遗风。
风云际会非难事，难见君臣葬祀同。

1982 年

敦煌莫高窟

百里黄沙见绿洲，榆杨高树映溪流。
苻秦唐宋丹青妙，佛像千龛聚一丘。

1982 年

王以铸

（1925 年生）又名王嘉隽，天津市人。居北京，原人民出版社编审。

赠胡钟达兄

把酒青山下，杯深意兴浓。

十年如梦寐，塞外此相逢。

胜事方经眼，繁花又几重。

微躯今小健，述作尚从容。

1977 年 8 月

赠吕剑同志

诗卷早知名，高踪遍古城。

相交常恨晚，问道每同行。

翰苑云峰起，深山巨阙鸣。

论文殊未敢，坦荡见生平。

李 敏

（1925-2011）北京市委党校副教授、离休干部。中国老教授协会古籍整理研究所研究员，北京诗词学会会员，北京楹联学会会员。

偶 题

花开花落两由之，唯有闲情似旧时。
历尽劫波终不悔，嗜书如命偶吟诗。

寄老伴，其时老伴在海南

飞雪临窗冷透纱，惹人思绪到天涯。
微风细雨他乡客，半恋春光半恋家。

读陈毅诗

百战将军胆气豪，手中柔翰利于刀。
扬清激浊真歌哭，似海诗胸涌怒涛。

读叶剑英诗

平生意气足千秋，疾恶如仇战不休。
风雪关山何所惧，凯歌唱罢看吴钩。

什刹海秋夕泛舟

雅集秋潭上，舟行趁晚凉。
清风垂柳岸，柔浪碧荷乡。
渌水亭何在，西涯迹渺茫。
风流余韵远，来者日方长。

胡明扬

（1925-2011）浙江海盐人。语言学家，中国人民大学中文系教授，曾任中国语言学会副会长、北京市语言学会会长、中国人民大学对外语言文化学院名誉院长等职。

重访沪上菊展

香飘玉树龙须瘦，露润金盆蟹瓜肥。
独步故园人不识，秋风落叶伴斜晖。

1977 年

域外有感

万里孤身走四方，兴衰变幻费思量。
湖光山色雅图市，火树银光圣母堂。
纵拟阆苑非故土，深知异国是他乡。
至今游子相逢处，犹自樽前说汉唐。

1994 年

书　怀

誓将心力献神州，肥马轻裘非所求。
鹦雀偏疑争腐鼠，书生无意觅封侯。

1998 年

唐稚松

　　（1925-2008）湖南长沙人。计算机科学与软件工程专家，1950年毕业于清华大学哲学系，1991年当选中国科学院院士。著有诗集《桃蹊诗存》。

乙亥回湘

半纪飘零四海身，麓山云树总情亲。
重来杜牧三生梦，再到玄都万木春。
湘水故交犹眷念，桐园残迹已湮沦。
口碑尚有乡邻在，我过家门是路人。

金陵怀古

四十年如逝水回，夕阳歌舞又秦淮。
寻根我独寻荒渡，扫叶谁堪扫古台。
元祐是非终两败，乌衣纨绔竟重来。
江山易使行人老，岂止沧桑动客哀。

游大宁河小三峡

仙姿绰约碧纱笼，玉质潜藏素裹中。
水到极幽翻觉丽，山因深秀益增雄。
明妃绝色难图绘，神女精魂只梦通。
无奈千年人不识，却当惊世去匆匆。

飞天曲

琼花一种生西域，冷落空山人不识。绰约飞从天上来，北地胭脂皆失色。君家宜住藐姑山，水近风姿玉近颜。五凤重楼一相遇，此身疑在梦魂间。梦中似见原非见，恍惚惊鸿云外现。梦回孤馆一灯寒，天地悠悠人意远。吾闻飞天飞时人不知，眼前唯觉烟云滋。飞来流火秋河白，飞去瑶台八骏驰。五光十色一齐动，正是将飞欲舞时。奈何大地多尘土，偪促难挥众仙羽。安得凌霄百丈楼，囊尽风云快君舞。终当人境觅逍遥，未必天涯耐寂寞。欲向长空通一语，苍茫碧落君何处。白云无路接蓬莱，望断天潢影不回。或是暗传青鸟使，一轮明月入帘来。

朱敏信

（1925年生）新华社高级编辑，新华社新闻研究所特约调查研究员。

别坦桑前首都达累斯萨拉姆

乘兴而来载兴回，风光达市醉心扉。

茫茫碧浪迎帆舞，阵阵晚风送鸟归。

几许巨轮争入港，半天星火灿生辉。

他乡再好终须别，喜报新闻四海飞。

王 儒

（1925 年生）河北玉田人。第二炮兵司令部通信部原部长，离休干部。曾任北京诗词学会副会长兼秘书长，书画研究会会长。

题自画梅花

凌空伸铁干，飞雪长精神。
莫道花枝少，迎人满面春。

八十抒怀（二首）

（一）

峥嵘岁月已匆匆，老却当年赵子龙。
浩气干云犹耿耿，丹青绘我夕阳红。

（二）

中枢视察老兵营，列队戎装喜气腾。
八十犹能随骥尾，此时心境又年轻。

宋英奇

（1925 年生）河北安平人。1938 年 10 月参加革命，曾任总政群众工作部部长。中华诗词学会会员。

无花不觉寒神仙湾哨卡赞

神仙湾建卡，战士戍边关。
子夜观河汉，黎明望玉盘。
茫茫沙石海，历历冻冰川。
炽热忠心在，无花不觉寒。

观《边关颂》晚会感怀

边关战士国之骄，妙舞高歌颂舜尧。
饱历风霜身益健，常临沧海志尤高。
离家舍己安前哨，聚族同民固界标。
紧握钢枪抬望眼，红旗猎猎领空飘。

清平乐·彭总坐骑驮病员

骄阳似血，苦水飞身越。口燥舌干心内热，光复三边踊跃。　　欣闻彭总同行，畅谈解放环城。坐骑收容病号，全军一片欢声。

李宗宝

（1925-2012）生于四川。1953 年调北京电影学院任教，1974
年调华东石油学院任教。退休后返京定居并加入北京诗词学会。

香山红叶

疑是朝霞染，经霜色更浓。
枫栌夕照里，醉了香炉峰。

欣闻"四人帮"覆灭喜赋

钓鱼台畔蓄奸谋，篡党夺权梦寐求。
江狈骄横超吕雉，张狼狡诈胜高俅。
摇唇吐雾期遮昊，狂犬龇牙欲吠周。
捣鬼有方终有限，沉渣一泛臭千秋。

车行口占答鲍冲赠诗

陌上行吟走马成，道旁景色总牵情。
春来丝柳轻摇雾，秋尽鸣蝉乱唱晴。
炎夏侵晨披细雨，隆冬薄暮碾坚冰。
老夫豪兴无稍减，欲踏单车万里行。

一剪梅

　　加减乘除四十年。抛却教鞭，扬起吟鞭。白驹过隙一挥间。别了朱颜，换了华颠。　　往事悲欢铭肺肝。恸彻心田，喜上眉尖。晚晴策杖夕阳天。行也陶然，坐也陶然。

刘 孚

（1925 年生）河北深泽人。1938 年入伍。曾任军事科学院研究员。曾为《红叶》编委。著有《秋阳赋》。

一军颂

赫赫声名第一军，民为根本党为魂。
六连硬骨凭磨剑，百炼熔炉为塑人。
攻战但争齐进退，归依何计论卑尊。
同咸同淡同生死，战友深情胜仲昆。

抗洪曲二首

（一）

千里长堤列阵云，狂澜肆虐赖谁人。
由来猎猎军旗艳，看缚蛟龙入海门。

（二）

冲锋舟过几搜寻，断续哭声时有闻。
没颈水深汹涌处，伢儿犹抱老枝身。

谢一志

（1925 年生）字德山。河北定县人。1941 年参加八路军。曾任总参政治部秘书处副处长、总参离休干部住房修建办公室政委。著有《谢一志诗词选》。

西江月·渡沙河

滚滚沙河横渡，霜风卧月轻烟。乱流刺骨野滩寒，脚踏冰峰如剑。　　战马惊嘶竖耳，枪声骤似江翻。曳光几道裂长天，谈笑身边流弹。

1941 年 11 月河北定县

减字木兰花·夜渡

披云乘雾，石径盘旋穿夜幕。电闪撕天，头上惊雷脚下山。　　挥鞭赶路，一谷奔洪争竞渡。荡雨回风，战士龙腾白浪中。

1942 年夏河北灵寿

如梦令·夜行军

步测斗牛河汉，口令频传低唤。夜老梦缠魂，误碰头前一串。稍慢，稍慢，雾锁霜途难辨。

1942 年秋河北阜平

刘 征

（1926 年生）本名刘国正，北京市人。原人民教育出版社副总编辑。语言教育家、作家、诗人、书法家。《中华诗词》名誉主编，中华诗词学会名誉会长，北京诗词学会名誉会长。著有诗集《春风燕语》《蒺藜集》《友声集》等。

百字令·过华山漫想

娲皇当日，向人间遗落，几多灵石。化作芙蓉青玉色，削出蓓蕾千尺。万劫升沉，百王争战，不减亭亭直。问花开否？花曰自有开日。　　而今雪霁冰融，风柔土沃，到了开花时节。为洒银河天外雨，为照团栾明月。乍闪霓虹，忽鸣霹雳，花瓣轰然裂。冲天香阵，大寰齐舞蜂蝶。

1979 年

水调歌头·宝成路上

蜀道难何在，稳坐上青天。笑他猿鸟愁怨，吾驾走平川。洞豁千崖万岭，险处危桥高架，嘘气看龙盘。才赏山腰绿，山顶雪漫漫。　　云为车，风为马，电为鞭。招来谪仙扶醉，挥洒写新篇。奋起五丁亿万，掌上裁山截水，四化换人寰。恍见群峰舞，秦女笑嫣然。

贺新郎·访成都杜甫草堂

万里桥西路。想先生，凄惶戎马，剑南流寓。老病益繁忧国泪。洒遍江干花木。剩几许愁边情趣，稚子敲针妻画纸，隔疏篱野老传村醑。漫随手，拾珠玉。　　不忧破屋秋风怒。愿人间，鳞鳞广厦，尽遮寒雨。此景今朝突兀见，翘首万家华屋。更九域早红新绿。快展蜀笺十丈锦，破愁颜，待写春风句。公何在，寻花去。

水龙吟·登灌县安澜亭

那时金铁初融，壮图已压岷江浪。万人箕畚，猿猱辟易，蛟龙惊让。堰叠飞沙，江分鱼嘴，灌渠如网。看离堆缺处，纵横斧迹，恍如听，崩崖响。小伫危亭望远，尽青青、半空烟瘴。江山如画，古今弹指，悠然遐想。使李冰公，握核动力，肯拘一盏。听千河潮起，飞涛漱雪，作惊天唱。

吴山青·三峡中即景

山迷濛，浪迷濛，浪蹴云山十二重，连滩乱石丛。歌从容，笑从容，摇橹横江渡短篷，飘飘衫子红。

1979 年

高 汉

（1926 年生）原名陈汉皋，浙江天台人。早年参加革命。后在北京电影制片厂剧本创作室工作。有《琅琊曲》《闯王进京》等作。

钗头凤·晨兴

朝朝扫，园林道，残红断翠新枯草。春光逝，秋光易，流年如水，归期曾计。未，未，未。　　韶华好，人空老，多情竟作无情恼！繁霜继，黄花丽。寒香冷艳，别般滋味。记，记，记。

1975 年

琅琊曲

罄竹难书恶满盈，万众争呼判极刑。缁衣老脸青如铁，两眼睃睃犹作孽。无复弄姿招手时，东风老去春光灭。暮楚朝秦上海滩，明星暗淡情难惬。幽幽心事比天高，寂寞难甘谋易辙。住家原傍琅琊台，勾践秦皇去复来。梦中几番游禁苑，此身合是凤凰材。自悲丽质无人晓，自比奇峰云缭绕。夙夜求风风不吹，峥嵘未露情难了。关东塞北炮声隆，烽火卢沟晓月红。裹挟风云歌舞地，心怀叵测走关东。铅华洗却罗裙换，镜里戎装初打扮。顾影婀娜颇自雄，蛾眉不让争人羡。风云际会总倥偬，多舛命运一宿通。龙门跃上惊身价，睡醒俨然鱼化龙。稗草墙上骄稻麦，临空舞困风流卖。偷将岁月慕垂帘，异想吐珠开一代。流光逝水人难再，如何偿付冤家债。凄凉异代恐无情，左想右思钟所爱。一朝擢上凤凰池，恰似魔瓶塞拔时。意气冲天遮不住，虎头山上纵轻骑。欢呼争把健康贺，闪击京城名赫赫。身上披风额上星，三军将士无颜色。翩翩羽翼早生成，叱咤风云天地惊。才罢高谈祭黑线，便教大地震雷霆。可怜一座光明殿，顿化硝烟瓦砾坑。国柄一朝归玉掌，神州六月即飞霜。繁花一夜成枯槁，芳草连天自萎黄。寂寞歌台唯八唱，荒凉翰苑一文豪。呜呼师道卑如狗，今古文章等草茅。非非是是人鬼倒，风吹满地乌纱帽。龙争虎夺炮如雷，尸骨高时官也高。壁上谰言滥不扫，国中冤狱知多少。锦绣成灰随处飞，忠魂夜哭无人吊。妻离子散家何在，国破田荒多野草。浩劫弥天骇古今，宪章堕地空文藻。此时旗手始优游，纸醉金迷夜打球。莫道吕武临堂殿，齿冷旁人笑沐猴。人世权迷皆鲜耻，从来百姓最知忧。水深火热不畏死，讨逆诗歌涌激流。口诛笔伐不胫走，山雨欲来风满楼。旗手竟如锅上蚁，图穷顿现如霜匕。天安门外棍乱飞，鲜血横流广场洗。还喷血口害忠良，竭市搜人鞫讯忙。生平做尽亏心事，雨打风吹总自慌。倾国倾城君见否，小马当年一二九。峥嵘本相大狰狞，两只血腥屠国手。金秋十月劈惊雷，扫荡群魔国

解危。十年一觉荒唐梦，满目疮痍也解眉。最是
人间快意事，莫如旗手庭前立。可怜未倚凤凰车，
却是栏杆被告席。

【注】

本诗为讽刺"四人帮"成员江青而作。

白婉如

（1926 年生）女，北京市人。曾供职于中国社会科学院。

忆秦娥·悼周恩来总理

巨星灭，神州八亿肝肠裂。肝肠裂，青山饮泣、江河悲咽。　　长街十里辞英烈，回天无计音容绝。音容绝，苍天有恨、夺我人杰。

创功业，紧跟领袖忠马列。忠马列，舍生忘死、龙潭虎穴。　　丰功伟绩辉日月，鞠躬尽瘁呕心血。呕心血，宏图未竟、雄心难歇。

骄阳烨，魔精鬼魅空悲泣。空悲泣，青天有日、万民如铁。　　英雄挥手除妖孽，乌云扫尽旗猎猎。旗猎猎，忠魂洒泪、化为飞雪。

吴 慧

（1926 年生）江苏吴江人。家居北京，曾供职中国社会科学院。

中山公园郁金香展

景自天成风自来，郁金香好满园开。
夜凝紫黑偏倾国，日漾红黄并举杯。
白雪猫咪毛正理，绿云鹦鹉醒方催。
异形繁色看未尽，名种远邦中土栽。

海棠花溪（录二）

（一）

燕都夜雨润如酥，满树云堆地雪铺。
非独以花逞春色，轻红自爱绿相扶。

（二）

化泥相护有情思，开落潇然两任之。
何必临风多怅触，泪痕红上海棠枝。

萧 峰

（1926 年生）山西孝义人。家居北京，离休干部。山谷诗社
社员。

棒槌山

棒槌竖立显奇姿，惹得诗人发浩思。
疑是僧家将击磬，莫非海女漫清丝。
高擎铁柱苍天顶，长举金鞭骏马追。
愿汝频敲催战鼓，启聋震聩入时宜。

七十遣怀

年始十三志请缨，苍苍皓首纪征程。
吕梁烽火淬钢骨，长白前沿藐死生。
五十余年风雨雪，八千里路棘槐荆。
明时反腐离休日，喜抱标风两袖清。

毕友琴

（1926 年生）原名毕可桐，笔名焦桐，山东文登人。驻京部队离休干部。北京诗词学会会员，北京玉泉诗社副社长。

题自画梅花

烂漫山花醉夕阳，低吟浩咏谊情长。
风流倜傥离休后，只有梅卿笑我狂。

应聘校外辅导员

柳翠风轻物候新，老夫白发焕青春。
愿将余热尽挥洒，试作栽花育果人。

与红领巾游春

日丽风和四月天，桃红柳绿醉春妍。
欢歌笑语儿童乐，我自年轻五十年。

孙 振

（1926年生）江苏靖江人，1942年加入中国共产党。新中国成立后历任新华社新闻摄影编辑部主任，中国新闻发展公司董事长，中国文联委员。著有《白宫内外》等。

布衣子

马洲农户布衣子，拙性粗才我自知。
不是群英洒热血，那能赤帜插瑶池。
毋伤往昔群魔舞，弥庆今朝万众驰。
几度惊涛扪旧创，生来最喜恰逢时。

离职后记

受命匆匆四十秋，自来不敢任沉浮。
风霜几度身犹在，夕照余年志尚留。
迟上书山情更迫，晚游学海意还稠。
西园当个护花佬，拙笔耕耘亦未休。

水调歌头·贺《新闻摄影》复刊

万里南来燕，极目总非凡。村边粮食千囤，场上有棉山。舞遍丛林深处，巢居农家楼阁，从此不思还。借问今朝事，何以尽回还。　　炎黄裔，新一代，振中寰。天涯洒遍春色，水笑共山欢。宏伟蓝图垂布，十亿神州奋勇，磅礴誓翻番。摄下腾飞景，留得在人间。

雷海如

（1926 年生）生于四川。毕业于清华大学理学院物理系，后分配至江汉石油学院任教师，1969 年调回北京。有诗收录于《石油情诗精选》。

物理系同学毕业四十年聚会并共庆建校八十周年

依稀旧梦已如烟，犹忆抵足尽夜眠。
数载同窗勤砥砺，几番奋臂勇当先。
高洁朱子留风骨，垂范叶师育少年。
功盖八旬闻广宇，业基万代步前贤。

1991 年

摊破浣溪沙

节后农家蟹岛秋，碧波荡漾泛离愁。往日同窗今忆旧，少年游。　　赤子独来追绮梦，青丝尽染识沙鸥。薄暮湖滨尘静后，水悠悠。

1999 年

游神堂峪龙潭有感

溪流涓滴注潭中，巨石峥嵘仰碧空。
漫道滩涂日清浅，风雷昨夜走蛟龙。

2001 年 9 月 29 日

王禹时

（1926 年生）北京市人。曾任中国《政协报》总编辑，现任中华诗词学会理事。

与陆平先生梦笔生花峰合影

凭临天外石，并坐凌霄屏。
笔下不平史，松前忠厚翁。
雾翻万顷海，云涌千柱峰。
忽忆燕山雪，浩然两袖清。

方　徨

（1926 年生）女。曾任《大众日报》社采访部编辑、记者。后在新华社新闻研究所工作。

夜　雨

危楼惯听雨潇潇，败叶残枝逐晚潮。
千里风云和梦过，一窗春色透梅梢。

看西山红叶有感

拨雾凌霜趁晓行，征衣重着拂残云。
千岩杲杲迎朝日，万叶萧萧斗晚红。
泻玉飞珠寻远瀑，盘溪越涧任登临。
中年哀乐何须说，指点江山爱晚晴。

陈明强

（1926 年生）女，湖北谷城人。财政学院汉语教研室副教授，北京诗词学会理事，北京朝阳诗社开创者之一。

离休四季吟

落 花

如许春风到谁家，不堪流水送芳华。
潇湘有女肯垂睇，零落愿随渤海沙。

月 夜

不老姮娥夜夜游，金蟾玉兔广寒楼。
东郊笑看灌园女，汗渍衣裳尘满头。

暮 归

黄叶车前急急飞，嫣红姹紫属阿谁。
无须罗帕掩星鬓，且把青灯续落晖。

剪旱金莲

今年冬暖春氛起，黄叶紫芽共一枝。
轻剪萎枯和土拥，应知君在发花迟。

韩立德

（1926 年生）河北深县人，原北京军区空军后勤部副部长，北京空军老干部书画研究会常务理事，北京老年书画联谊会副秘书长。

长相思·空军建军四十周年

四十周，万兜鍪，振羽长空护九州。声威百世流。　　月当楼，思悠悠，碧落豪情几度秋。凌云志未休。

王　澍

（1926-2014）字雨时，别署王屋老圃。山西阳城人。北京俄文专修学校毕业。中华诗词学会创始人之一，曾任中华诗词学会副秘书长，《中华诗词》副主编。原《当代中华诗词集》副主编。

红旗渠

红旗健举凯歌扬，林县劳民慨以慷。
踢太行山开道路，牵漳河水返家乡。
渠龙踊跃三千里，粟雨滂沱八万仓。
愿得年年歌岁稔，苍生矫首颂春阳。

修密云水库

云集民兵廿万多，鞭投流断势如何。
丰碑尾续移山记，峡谷声回打夯歌。
伟绩止观人造海，奇功不让禹疏河。
东流从此休呜咽，水库清澄万顷波。

登昆明大观楼

造田围海症犹留，瘦损滇池面带愁。
空有长联传壮景，惜无巨臂挽狂流。
窗含睡美人形象，影入行吟客镜头。
欲起题诗鼎堂老，却称卧佛问何由。

临江仙·船过神女峰下

暮想朝思期待久，念情凝伫峰头。几回巫峡
误归舟。万轮都不是，泪涌碧江流。　　念我劳
生多俗务，今年始告离休。者番相见鬓丝秋。匆
匆成一别，后约为应留。

引大入秦探源

细雨轻寒夏似秋，驱车乘兴溯源游。
翠屏云涌朦胧美，横木桥浮浩荡流。
虹吸倒时明峡谷，天堂行处见龙头。
尚饶馀力等衙寺，丛柏香檀一豁眸。

杨朝宗

（1926 年生）湖南醴陵人。中共中央纪委离休干部。中华诗词学会、北京诗词学会会员。著有《朝宗诗词选》三辑。

吊屈原

巨著离骚九转肠，年年悲愤吊端阳。
涉湘饮恨题天问，哀郢吞声哭国殇。
两袖清风垂典范，一身浩气正纲常。
灵均不灭丹心在，万古长争日月光。

满庭芳·热烈祝贺北京申奥成功

世界名城，五环旗荡，北京申奥成功。"我们赢了"，举国啸雄风。这块神奇土地，人杰俊，得遂初衷。今宵里，几多伤感，尽扫众心中。　轩昂。随处是，载歌载舞，七彩当空。喜擎天人健，声震苍穹。十亿人民共庆，满腔热血化长虹。从兹后，中西文化，将汇合交融。

菩萨蛮·祝贺我国首次载人航天飞行圆满成功

神舟呼啸冲霄汉，蓝天碧海银光灿。玉兔报佳音，炎黄骄子临。　蟾宫多美誉，今次钦光顾。尔后喜遨游，来回任自由。

梅 文

（1926-2003）江西武宁人。北京电影学院副教授。著有《燕溪偶咏》。

念奴娇·回归吟

明珠耀眼，照汪洋无际气冲霄汉。多少凄凉多少恨，都化涛翻浪泛。文塔魂牵，钟楼梦绕，隔海相呼唤。春来秋往，紫荆早待开绽。　　邓公睿略宏谋，英伦归璧，今后尤璀璨。袖里风云，谈笑中，月白霜飞星灿。多国神驰，千帆竞发，直驶香江畔。凭栏远目，晴光空阔天半。

致友人

历尽天涯路，游踪带野香。
心胸天地阔，笔墨浪涛狂。
水急游龙舞，霞飞共鹤翔。
花经暴雨后，馥郁更飞扬。

读东坡诗

诗见其人信手裁，风霜雨雪笑安排。
少陵去后东坡在，瘦马巡天踏月来。

读杜牧诗

诗如春月润荒丘，意气风驰十月秋。
小杜一生多少恨，秦淮泪满漫江流。

二月雪

雪洒平芜二月天，红梅抖擞闹西园。
飞来几羽知春鸟，似与梅花话旧缘。

盛绳武

（1926 年生）湖南长沙市人。1948 年在北京大学参加革命工作。1980 年起，历任中共崇文区政协主席、区长、区委书记、区人大常委会主任。现为中国书法家协会理事，崇文书画研究会会长，中华诗词学会会员，崇文区嘤鸣诗社社长。

大连纪游——出山海关

零乱雨丝零乱风，天公送我下关东。
迎眸旷野层层碧，无复疮痍在望中。

东行悟道

下士初闻道，开怀大笑之。
崎岖悲世路，慷慨起沉思。
道既非常道，知当若不知。
先生西去矣，我独问东陲。

端午偶成

忧愁幽思塞沅湘，避世全身鄙楚狂。
兴国存君三致意，蒙谗负谤九回肠。
无边浩气催来者，千古骚魂恋故乡。
翘首南天云烂缦，山河今已换新装。

诉衷情·喜晤秀姐

当年作客楚江头，谈笑富春秋。别后百年过半，犹忆旧妆楼。　　经丧乱，各怀忧，委渠沟。西游何幸，耋老相逢，喜泪难收。

望海潮·尼亚加拉瀑布

碧波浩渺，长澜北注，是曾千古滔滔。造物弄奇，断崖千尺，飞流直下云坳。重雾卷冰绡。奔雷兴谷底，地动山摇。承露仙人何处？举手试相招。　　中华夙尚风骚。惯山迎迁客，瀑引诗豪。太白银河，徐凝白练，至今评说谠谠。一似饮醇醪。奈古今悬隔，难赋新谣。谁复裁成丽句，流韵付清箫。

胡鉴美

（1927 年生）女，浙江杭州人。原《人民日报》理论部编辑。著有《社会主义社会的国民收入》等。

大连獐子岛阻雨

飘然来海上，风雨共徘徊。
雪浪千堆起，云涛万顷开。
空濛人宛在，寥廓梦难回。
幸有奇山水，诗成好寄怀。

1972 年

南乡子·黄山留别

秋水咽琼箫，别绪如丝着意撩，枕石听枫无限好，明朝，人在归程第几桥。　　风露立中宵，珍重婵娟话寂寥，二十五弦弹不尽，迢迢，化作钱江上下潮。

1959 年

杨牧云

（1927年生）山东掖县人。原北京市中央乐团小提琴演奏员，著有《琴馀词》等。

水龙吟·赋杜卡之谐谑曲《小巫师》

杜氏之曲全依歌德叙事诗。变水之法，亦仅化帚为役，桶盛肩挑而已。聆曲则有掀洪挂瀑之势，故试以中国式仙法弥补之，使与音乐声势，不相轩轾。

先生访友云游，乐波浮幻高徒相。良机巧趁，偷施魔法，聊搔技痒。变水离奇，得传忽诚，怪文疑唱。果珠垂泪洒，弦鸣玉漱，甘露滴，澄泉淌。　　瞬息乐潮高涨。卷狂澜，祸袭灾漾。环瞠双眼，鱼欢饵逐，人惊胆丧。灭顶殃临，巫师家返，救星天降。但讽经宣咒，涓收滴净，气清天朗。

水调歌头·听名指挥名乐团演奏
柴可夫斯基之名曲《悲怆交响曲》

难得知音萃，何幸颖师登。轻挥令动纤棒，律吕幻阴晴。缭乱须臾四季，迎面千寻瀑泻，万壑老松鸣。幽咽馀孤篥，浩叹寂枯僧。雷霆激，撕墨染，焰飞腾。披坚执锐，铁骑暗夜踏骄营。琴悸弓翻上下，管愤笛昂呼应。妙手夺天成，一曲填胸臆，炽炭共寒冰。

赵　庚

（1927 年生）北京市人。曾任宁夏人民出版社编辑，中华书局编辑。

银川竹枝词四首

（一）

汉柳秦渠制土尘，古城光景一时新。
八方风雨来边塞，半是东西南北人。

（二）

深秋虾蟆伴无肠，郭索方塘入市场。
假日未妨来小酌，东篱何必对菊黄。

（三）

墙边屋角土窝栖，五采斑斓任品题。
赤卵半巢光夺目，曲巷深处午鸡啼。

（四）

云外层楼入眼多，归来燕子枉穿梭。
如何半载南飞后，不见垈拉旧日窝。

1984 年

刘 麟

（1927 年生）山东济南人。毕业于北京师范大学英语系。北京诗词学会会员。1988 年离休。与友人合编《锦绣中华历代诗词选》等。著有诗集《闲庭杂咏》。

重游龙泉寺

绿树青天景色幽，廿年过后又重游。
今朝幸做庭中客，昔日曾当阶下囚。
指点江山谈旧虑，激扬文字论新筹。
龙泉寺外留身影，一笑同消万古愁。

与诗魔论诗

抒怀养志写新篇，不为名利不为钱。
旧罐新瓶装好酒，有情有景有真言。

蝶恋花·卸甲归来

卸甲归来心未住，暮暮朝朝，屡伴长征路。且看夕阳无限处，闲翁三五倾诉。旧脑今逢新事物，难免糊涂，却并非顽固。莫测风云更换速，蹒跚步履频回顾。

[中吕·阳春曲] 二首录一

不谋名利垂双手，不论人非不揽愁。小楼闲坐有何求？诗会友，淡泊自风流。

王　镇

（1927 年生）北京市人。曾供职中国社会科学院。

战友情

战友幸多在，宽怀话往畴。四十馀载过，星丝布满头。忆昔初征日，一群小莽牛。既许报国志，身家俱可丢。日行八十里，歌声未断喉。百转随山路，逢河竞渡舟。剥虱共搔痒，连床语不休。胸怀真情意，嘻骂任自由。何分轩和轾，心通喜与忧。邻邦遭劫难，敌忾赴同仇。赳赳过江去，飞雪满戎裘。烽烟随处见，敌机绕顶稠。白日学尺蠖，夜宿小山沟。安危同一系，死合共一丘。岁月殊鼎鼎，青春亦悠悠。熟思后来事，更无荣辱羞。人生多谲变，福祸与咎休。君获锒铛罪，吾亦高冠游。各自有所遇，岂能相匹俦。鸟飞高低处，鱼亦有沉浮。海不扬波日，故人心相俦。殷勤访陋巷，从容顾华楼。宽厅无妨坐，容膝也可留。何需八珍味。白水胜双沟。酒酣意犹壮，恁君涕泗流。

吴报鸿

（1927 年生）安徽泾县人。家居北京，曾供职中国社会科学院。

参加南郑陆游纪念馆揭幕志喜二首

（一）

信马春残好句存，南湖水碧伴诗魂。
放翁泉下心堪慰，爱国真情励后昆。

（二）

南湖细雨湿苍苔，揽月楼前华馆开。
海峡行看冰尽解，九州共祭放翁来。

1993 年

悼念陈毅老军长

叱咤风云数十秋，诗书戎马尽风流。
安邦治国功勋著，豪气丹心万古留。

1995 年

游新疆石河子并怀兵团战士丰功伟绩

天池碧浪映瑶台，万顷良田戈壁开。
王母应惊谁致此，英雄血泪灌浇来。

1998 年

深切的怀念纪念粟裕司令员诞辰九十五周年

金戈铁马忆当年，四载追随信有缘。
百战丰功昭日月，千秋伟绩共河山。
长怀教诲情无限，犹记音容意黯然。
万里云天歌盛德，心香一瓣献灵前。

李　易

（1927 年生）北京市人。1951 年清华大学中文系毕业。人民文学出版社编辑。著有《寻踪诗录》。

再入潼关

四十年前夜闯关，炮轰裂岸路行难。
今日凭窗过河水，始知波浪也平安。

1984 年

张文勋教授赐《凤樵诗词》读后

笔端今日事，怀抱古人诗。
夜赏春城卷，芳菲玉露滋。

首都黄翔摄影作品展观后

长城走岭护金秋，沧海月明寻客舟。
黄翁巧摄乾坤魄，万里丹青咫尺收。

1985 年

湘江吟

龙舟追屈子，贾谊哭长沙。
往古一江浪，今来两岸花。

1984 年

唐　本

（1927 年生）浙江兰溪人，1938 年参加革命。老年书画研究会会员，北京九州书画院会员。

"老战士合唱团"成立十周年二首

（一）

桃红柳绿又春天，老骥奋蹄何用鞭。
改革十年歌不辍，优良传统代相传。

（二）

离休未敢忘人民，白发犹存赤子心。
夕照黄昏霞彩艳，明朝定是万花春。

邓碧霞

（1927 年生）女，湖南宁乡人。1950 年 12 月入伍。北京诗词学会会员，晚香诗书画印社、卿云诗社、桑榆诗社社员。

纪念刘少奇同志诞辰一百周年

安源工运敌心摧，革命丰功似迅雷。
六字奇冤千古恨，百年冥寿万人哀。
农家耕种当思饱，元首巡查令救灾。
物阜民欢兴国日，心香一瓣献泉台。

西江月·缅怀小平同志喜迎香港回归

革命功高日月，鸿猷两制山河。三番起落又如何，宏志不移辅佐。　　旷世人才难得，政通国富人和。香江九七发高歌，莫叹筵虚座。

纪念抗日战争胜利五十周年

前事毋忘后事师，中华喋血抗倭时。
至今留得卢沟月，犹照桥头怒吼狮。

周　南

（1927 年生）山东曲阜人，曾在 20 世纪 80 年代中英就香港回归问题谈判中任我国首席代表，后任新华通讯社香港分社社长、外交部副部长。中共十四届中央委员，全国人大常委会委员。著有《周南诗词选》。

初渡鸭绿

风擎红旗过绿江，高歌彻夜月苍黄。
餐霜卧雪寻常事，血洒他乡即故乡。

1950 年

浪淘沙·初抵纽约

白浪蹴天浮，望断惊鸥，自由神向黯中愁。火树银花不禁夜，欲海横流。把盏对吴钩，几度楼头，萧疏华发过寰球。若问五洲何处好，哪似神州。

1971 年

访伊犁林则徐流戍地

万里来寻伊丽州，边城叶落又经秋。
将军大树迎风立，惠远长渠彻夜流。
迁客犹思驱寇策，诸公唯作爱身谋。
珠还南海无多日，为报君知两宿留。

1995 年

重游颐和园

松涛谡谡草阡阡，唤起童心五十年。
青眼论文人似玉，高歌拍案酒如泉。
风云聚处曾携手，弦管清时未息肩。
昔日湖山春又到，夭桃嫩柳斗新妍。

1998 年

静海寺钟

百岁伤心地，萧条野寺中。
风云人事改，肝胆古今同。
涤雪当年耻，长鸣此日钟。
遥闻狮子吼，回响万山空。

1998 年

欧阳鹤

（1927 年生）字子皋，祖籍湖南。教授级高级工程师，享受国务院政府特殊津贴，电力部离休干部。原中华诗词学会顾问，中国楹联学会顾问。著有《鸣皋集》《欧阳鹤诗文选》等。

清华建校百年暨毕业六十周年（二首）

（一）

水木清华澹晓昏，飞红舞白四时新。
名园曾是皇家苑，绛帐长萦学子魂。
树蕙滋兰强国脉，抡才擢德耀儒林。
声蜚海内心难已，夺锦寰球盼后昆。

（二）

六十韶光过眼匆，悲欢离合不言中。
时乖命蹇缘狐鬼，雾散霾开仗蕙风。
曾困樊笼愁展翅，也乘活水喜游龙。
人生易老情难老，义重同窗始到终。

辛亥革命百年感赋

清室昏庸外寇频，谁堪奋起挽沉沦。

维新失败因尊帝，革命成功在顺民。

国建共和孚众望，邦容各族得人心。

百年风雨神州变，更铸辉煌仗后昆。

赠《环球吟坛》诸吟长

十载诗交唱和频，阳春白雪四时吟。

中华传统培根实，北美文明绽蕾新。

折柳情因怀故土，含饴乐在弄娇孙。

任它世界风云谲，不变炎黄赤子心。

浣溪沙·神九与天宫对接

又听尧疆捷报传，天宫神九喜相连，宇航科技揭新篇。　　月殿嫦娥拼醉舞，瑶池王母纵情欢，人间天上鹊桥连。

石理俊

（1927年生）浙江浦江人。军队离休干部。中华诗词学会教育培训中心导师，北京诗词学会常务理事，《北京诗苑》主编。编有《中国古今题画诗词全璧》《中国抗战诗词精选》，著有《小月河边草》等。

独 坐

独坐沉思夜，腥风血雨天。
狂言无一用，掷笔走山川。

1949年

行香子·黄金万两尽归公

云月苍茫，赤帜飘扬。率千军苦斗沙场。中原逐鹿，直下洛阳。看覆与翻，歌和哭，慨而慷！　　小米粗粮，土布戎装。万两金，不取毫芒。清风双袖，笑傲侯王。念战犹酣，人未老，路仍长。

1990年

临江仙·水仙

一枕西风吹梦觉，素妆顾影粼粼。湘云楚水
忆前身。举头银世界，凝睇玉精神。　　蕴馥抽
青应有待，自倚丑石为邻。凌波那得更生尘。诗
魂归野草，清操照乾坤。

1991 年

鹧鸪天·致浙东战友

十万军中一小兵，风云雷电也曾经。千军泪
洒江南雨，百战关河感远征。追往昔，看前程，
宜将馀勇奋馀生。笔情墨意何能限？月照清溪水
一泓。

1992 年

菩萨蛮·登百望山望儿台

萧萧白发临风立，寒山一带层林赤。肝胆不
容摧，望儿杀敌回。　　飞梭千载掷，传说民心
织；织出大悲欢，浩然天地间。

2004 年

何祚庥

（1927 年生）上海人。毕业于清华大学，第八、九届全国政协委员，中国科学院理论物理研究所研究员。曾参与中国第一颗原子弹和氢弹的研制开发。1980 年当选为中国科学院院士。著有《量子复合场论的哲学思考》等。

步小峰同志《数句》韵记第二届物理哲学讨论会

协力同心未能忘，盛暑时节惠华章。

病榻挥笔缀数句，赐教良多心意长。

粒子可分已定论，有生于无太虚妄。

主观介入宜摒斥，唯物主义待发扬。

吴光裕

（1927 年生）江苏扬州人。1945 年 10 月入伍。曾任福州军区空军参谋长。曾为解放军红叶诗社副社长，现为该社顾问。

风入松·苏中七战七捷

独夫毁约起兵戎，恃强势凶汹。骄兵十万全推进，吐狂吽、日克苏中。一具画皮纸虎。军民热血填胸。运动战法奏奇功，雄旅疾如风。穿插分割歼围敌，杀声里，排浪冲锋。七战凯歌报捷，金陵美梦成空。

1946 年

渔家傲·孟良崮战役大捷

嫡系王牌张灵甫，忘形得意狂言吐。北上鲁南无敢阻。擂军鼓，骄兵被困孟良崮。　华野雄师威似虎，猛攻八面弹飞雨。兵败将酋归地府。枪举舞，清场斩获三万五。

1947 年

赞驻港部队

威武三军陆海空，肩担重任气如虹。

昏朝弊政沦香港，盛世雄狮跨九龙。

法守纪遵兵有礼，功深技绝虎生风。

国门前哨红旗展，万众欢腾世运隆。

潘家铮

（1927-2012）浙江绍兴人。1954 年调到北京水电建设总局。1978 年出任水利电力部总工程师。清华大学双聘教授。1994 年被选为中国工程院首批院士。诗作收录于《潘家铮院士文选》。

山居偶成

两三篱落夕阳边，疑是桃源洞里天。
芳草如烟迷小径，落花似雨点幽泉。
一声樵唱青峰下，百啭莺啼绿柳前。
最爱白云深锁处，问津到此总茫然。

1944 年

杞忧吟（录一）

客来闭户且登楼，枯眼相观尽楚囚。
敢把头颅供斧钺，空馀肝胆傲公侯。
百般罗织书生罪，一例株连元老愁。
身后是非谁管得，腥风血雨遍神州。

1968 年

前　驱

（1927年生）湖南湘乡人。1949年入伍。曾任解放军报社处长、《中国老年报》总编。解放军红叶诗社社员。著有《望月吟》。

抗美援朝六十周年（二首）

（一）

忆吟六十年前事，志愿老兵情沸腾。
侵魅凶残施杀戮，雄狮正义铸和平。
市边黄草丹血染，夜月临津战旗红。
多少英豪生死以，援邻浩气宇寰崇。

（二）

停笔披衣舒倦骨，梦魂又到绿江东。
上甘岭上烽烟烈，泥栎河边友爱浓。
难得健儿捐热血，换来锦绣沐春风。
应知战贩未心死，共卫和平莫放松。

韩牧萍

（1927 年生）任小学教师、校长及平谷中学校长多年。后任北京平谷县人民政府副县长、平谷县政协委员会副主席、平谷文联主席。

金海小唱

其　一

巍巍大金山，滚滚�ɪ河水。
汇成金海湖，风光无限美。

其　二

伶仃金花墓，悚肃先哲祠。
俱为古来事，佳话留青史。

其　三

盘山云外影，横岛湖中翠。
峭壁连天起，古洞多幽邃。

其　四

荡荡一叶舟，摇摇波光里。
微微暖风吹，熏得游人醉。

其　五

山村四五家，曲径十多里。
依依墟上烟，娓娓邻家语。

里　克

（1928 年生）江西新余人。1949 年 5 月参军，长期做部队教育宣传工作，1988 年离休。家居北京，专著有《治军史鉴》《中国军队政治工作史略》等，编有《历史诗论选》，诗集有《梦中诗草》。

南京六朝松

裂身犹自傲寒冬，断首安能媚世风。
历尽沧桑心未老，数枝依旧吐青葱。

长江浓雾

渝州东下雾蒙蒙，千里洪流一蛰龙。
天地若浮明暗里，江山如画有无中。

深秋生意

金风萧飒叶纷飞，万树杈桠景物非。
谁识枝枝飞叶处，早萌黄蘖待春归。

病眩晕，梦踏浪翔飞，戏成一律

蓝星淡月软风歌，浩渺间穿织女梭。
款款海豚跄浪进，翩翩云鹤贴峰过。
徜徉水上忧天少，俯仰空中阅世多。
方喜身兼鳞羽趣，醒来犹憾梦南柯。

陈莱芝

（1928 年生）山东曹县人。1942 年 1 月入伍，新中国成立后长期在海军机关工作。离休后在北京诗词学会任监事长、顾问等。著有《海风吟草》《海风集》。

参观锦州辽沈战役纪念馆

一役开新今古篇，征程直指九重天。
运筹帷幄神州赤，捷报频传环宇鲜。
锐意雄图追败寇，齐心协力骋山川。
人间总盼升平世，共遏强权灰复燃。

参观海军葫芦岛试验基地

碧水蓝天白鹭飞，神舟栉比映苍微。
千帆星际烟波起，万里东风弄彩辉。

致青年朋友

自古英雄年少多，但求正气壮山河。
丰功大业寒霜织，一路清风一路歌。

纳兰性德事迹陈列馆采风

随侍康皇趱九州，填词射圃展宏猷。

牵情满汉和而友，难忍外侵忧又愁。

星殒华年伤百代，恋歌范著耀千秋。

一生军旅堪如是，愤发精诚第一筹。

陈宜焜

（1928 年生）浙江海宁人。40 年代在清华大学从事中共地下工作，毕业于该校化工系。中华诗词学会及中国楹联学会会员。著有《盈华轩诗词选》等。

赴美技贸结合谈判告捷

百日艰勤挽劲弓，红旗几度笑西风。
朝阳事业神威远，怒海心潮正气充。
经济风云驰广宇，纵横韬略傲苍穹。
人民利益千钧重，制胜还凭舌战功。

黄山飞来石

方惊绝壁舞苍龙，又赞裁云姊妹峰。
奇石飞来应有意，白云驶去总无踪。
补天壮志情何极？遁迹高风性自钟。
岂独羡君琼岛立，因时用舍此心同。

石钟山览胜怀古

百丈危岩挺劲松，江湖险要接苍穹。
凭栏痛慨先驱业，拾级漫评异代功。
浊浪何心荫国贼，清波有幸葬英雄。
于今湖口江流赤，疑是当年血染红。

沁园春·三游洞、下牢溪览胜

古洞清秋，凭高据险，石径通幽。看层峦耸翠，浮云天际；曲江酿碧，一叶中流。舟溯清源，神游绝顶，此日宽馀百虑休。寻碑碣，怅文章千古，真迹难求。三苏元白曾游，叹文采风流绝唱优。念龙门窟畔，诗魂永在；西泠堤上，皓魄长留。欲睹新颜，来巡故地，当赞神州远景悠。更极目，问葛洲何处，高塔何谋。

柳　村

（1928 年生）河北抚宁人。家居北京。曾供职中国社会科学院。

奔赴解放区（录三）

鬼门关内外

一线铁刺网，地断阴阳间。
愁看前沿地，瓦砾战云残。
遥闻高歌处，解放区的天。
不敢回首顾，横跨鬼门关。

变化疑有神

茅舍千年旧，风烟十载痕。
缠足老农妇，鲜红袖标新。
高声发号令，疏导难民群。
离城方几里，变化疑有神。

前线观歌剧

适离横尸地，留宿前沿村。
夜演白毛女，观剧泪沾襟。
风悲灯影动，夜阑喊话闻。
枪声惊四野，炮响和琴音。

高逸群

（1928 年生）湖北浠水人。家居北京，曾供职中国社会科学院。

春　雨

春雨如丝断续飘，潇潇洒洒又终朝。
阶前小草惛惛长，忽见鹅黄上柳梢。

2002 年

中秋节接台北表兄电话

岁又中秋各一方，海天愁思正茫茫。
忽闻电讯传佳话，如坐春风喜欲狂。

1991 年

长江颂

万里长江日夜流，奔腾到海不回头。

穿山越野气磅礴，跃浪淘沙势未休。

两岸风光如画境，一川春水育神州。

千年往事知多少，烟波洗尽古今愁。

2001 年

悼亡二首

（一）

患难相随五十年，可怜一半未团圆。

无端浩劫从天降，致使孤鸿两地旋。

卿在京山淋苦雨，我居浠水坐针毡。

青灯独对愁垂泪，不尽相思望眼穿。

（二）

相隔阴阳近一年，思卿夜夜未成眠。

深知缘尽情非尽，却信离难见更难。

世上从今无色彩，此生尔后少欢颜。

心头寂寞多悲苦，每顾遗容泪泫然。

1994 年

刘存宽

（1928 年生）四川南充人。家居北京，曾供职中国社会科学院。

感　时

国破民涂炭，敌机日犯川。
血流盈巷陌，残体挂枝端。

1942 年

壮丁墓

寂寞一孤冢，泥黄草未生。
残阳哭逝水，户户怨抓丁。

1944 年

写在乐山大佛旁

浩荡三江汇一方，庞然大佛坐中央。
足喧西北东南水，头顶星辰日月光。
侧望峨嵋峰隐隐，放眼云贵雾茫茫。
山川自古钟灵秀，占尽风骚萃此乡。

1990 年

京华春早

朝来信步入宫墙，春早年新逸兴长。
乍喜乍嗔天帝面，时增时减女儿装。
小桃带露苞初满，细柳摇风叶正黄。
最喜一园松柏树，暗添新绿伴群芳。

1992 年

雷　风

（1928 年生）山西临猗人。家居北京，曾供职中国社会科学院。

曲沃城春日

绛山横翠俯晴郊，一片新楼出柳梢。
忙煞旧时蓬屋燕，争寻画栋筑春巢。

泰山瞻鲁台

崇台独上喜新晴，极目川原接海平。
雨过人间山叠翠，风来天外谷扬声。
鸿蒙元气袭襟袖，碧落高寒耸霓旌。
俯仰危岩方一啸，身心顿觉俱轻清。

咏陆游

忧国忧民死不休，一生唯耻为身谋。
兴亡频望中原信，风雨时惊塞上秋。
廊庙无心收故土，孤臣赍志老沧州。
布衾如铁寒斋卧，梦里犹呼系虏酋。

杨 木

（1928 年生）原名杨穆俊，广东人。曾在新华社工作，任新华社国际部编辑、驻外记者，国际部副主任。

亚运会后游暹罗湾

湄南停倦笔，涤臆暹罗湾。
潮落嬉游艇，风椰阔海天。
襟间生白浪，屐底送流年。
酒肆飘欢意，高歌逐夕烟。

浴红海

曾击三洋水，今挥红海波。
依依西奈岛，款款苏伊河。
愿蘸滔滔水，直书万里漠。
萍踪随浪去，翰墨永婆娑。

陈 蕃

（1928 年生）江苏靖江人。原中国航天部行政司副司长。

水调歌头·美法等国租购我国运载火箭

东西南北中，宇宙妙无穷。人类走向星际，一跃入蟾宫。泯灭万户业绩，两霸科技逞凶。雄狮觅其踪，我炎黄子孙，誓天马行空。异军起，鏖战激，盛世逢。喜展宏图四化，奋发卅秋冬，法美购我火箭，根本改观势态，乐坏众耄童。创亿万外汇，扬眉缚蛟龙。

王政民

（1928 年生）号王强，北京市人。北京诗词学会会员，北京嘤鸣诗社社员。著有《百花山人诗集》。

忆故乡村前小河四首

（一）

岸生春草野花香，水下鱼游伴鸟翔。
老汉牵牛来饮水，河边姐妹洗衣裳。

（二）

夏雨连连水位高，顽童戏水乐逍遥。
一丝不挂跳河内，学个狗刨也自豪。

（三）

河鱼肥美在秋间，捕得鲜鱼伴酒餐。
水浅石多难撒网，拦河改道迫鱼翻。

（四）

冬水成冰河道封，少年冰上赛英雄。
你追我赶显奇技，登上冰床快似风。

野菊花

白蓝成片满山崖，蜂蝶闻香恋似家。
旅客当今兴健体，摘来代药饮清茶。

萧永义

（1928 年生）湖南韶山人。国防大学离休干部。中国作家协会、中国老教授协会会员。中国毛泽东诗词研究会顾问。有《古今军旅诗词荟萃》《毛泽东诗词史话》等著作问世。

满江红·纪念杨开慧烈士就义四十六周年

五岳同钦，人共仰，骄杨英杰。忠于党，忠于革命。从容斧钺。湘水扬波腾浩气，嫦娥起舞飘红叶。蝶恋花、慷慨有馀哀，绕明月。　　板仓路，音尘绝；家国恨，何时灭。问神州大地，几经霜雪。白骨精生妖雾漫，黄粱梦断寒鸦咽。奋金猴、一扫四人帮，歌千叠。

1976 年

贺新郎·出席北京诗词学会成立大会有作

曙色临窗牖。喜飞来京华诗束，向余招手。况是玉龙腾九域，北海银装新绣。三五夜，长街如昼。且为高歌金缕曲，倩伊谁、起舞青山袖。轻击节，满斟酒。　　西山霁月从来秀。想当年、寻梅踏雪，几家能够。吟上层楼谁与和，怕见一池吹皱。全不问，郊寒岛瘦。齐放百花今日事，愿诗词大国春长久。邀李杜，醉重九。

浣溪沙·游墨西哥湾

黑浪如山欲暮时，海滨人影已参差。天涯倦
客欲何之。　　诗思渐浓游兴尽，乡心还共乱云
驰。榴花如血鬓如丝。

1996 年

水调歌头·读毛泽东《沁园春》词

才歌念奴曲，又谱沁园春。昆仑倚天问罢，
北国雪纷纷。不比玉龙飞舞，却举秦皇汉武，功
业待评论。空对江山丽，矜武略输文。　　俱往
矣，风流辈，看来今。虎穴山城小唱，磅礴九州
闻。可笑秦淮词客，枉自鸦鸣蝉噪，酒饭惹人喷。
指日人间换，风露一天新。

1996 年

读杜甫风疾舟中绝笔有作

一苇穿涛半臂枯，洞庭木落楚云孤。
长安北望唯明月，花鸟南来即友于。
茅屋秋风号僻野，朱门酒肉臭京都。
舟中墨尽惊山魅，拾慧缕空和得无。

2003 年

欧阳中石

　　（1928 年生）山东泰安人。学者、著名书法家、书法教育家。首都师范大学教授、博士生导师。2003 年被聘任为中央文史研究馆馆员。著有《书学导论》《书法教程》等。

二胡赞

　　双弦来往一张弓，大雅宫商韵自通。
　　幽谷嘤嘤声不断，空山鸟语曲融融。

"石"自嘲

　　方圆大小不相同，黑白斑斓没草丛。
　　莫道生来无大用，娲皇授予补天功。

咏奇石

　　千姿百态任方圆，日月生年未纪年。
　　不假人工凭造化，自由自在自安然。

为中国美术馆"大家展"作

大家难副意惶惶，头上加冠不敢当。

如坐冰毡寒欲坠，青衫懒散系名缰。

[中吕·满庭芳] 自嘲

学名不好，填词口拗，不耐推敲。恐遭齿冷行家笑，怎敢招摇。勉强学涂鸦解嘲，又谁知，使驴难调。纯粹是瞎胡闹。最后只能，代人手抄，依附寻风骚。

程　敏

（1928 年生）山东龙口人。1947 年入伍。曾任某军政治部宣传处长、中国军事科学院《军事学术》杂志编辑、军事历史部研究员。

读《黄克诚自述》感怀

文韬武略挽狂澜，暴动湘南一俊贤。
匡稷扶民掏肺腑，强军饬政舍华年。
常怀战友捐心血，不惜残生效马援。
刚直不阿群众仰，清风明月满人间。

再次赴朝鲜前线途中

日暮别安东，重温异国情。
忽闻阿里郎，间伴弹轰鸣。
习习清风夜，迢迢牛女星。
谁云战场苦，千里踏歌行。

巫君玉

（1929 年生）江苏无锡人。原北京市卫生局副局长、北京市中医学会理事。

南京莫愁湖（录一）

胜棋楼傍郁金堂，儿女名王总黯伤。
只有莫愁湖上水，年年波色映斜阳。

1976 年

偶　成

雾貌云鬟黯欲消，风吹春去不成娇。
中怀近日萧条甚，酒后偷听隔座箫。

1976 年

杜文斗

（1929 年生）别名北斗，江苏江都人，15 岁参加新四军，17 岁入党。长期在中央和国家机关工作，1990 年离休，作品有《北斗诗词选》《甘棠北斗集》。

谒聂耳墓

风水西山好，长城万古魂。
游人思聂耳，一曲胜三军。

游重庆曾家岩周公馆

楼小群贤聚，谋深决策高。
雄谈寒贼胆，政论笔如刀。

荣获抗日战争胜利六十周年纪念章

金光环耀眼，颁发暖心间。
荣誉珍珠贵，人生好梦圆。
当年烽火灭，今日彩灯燃。
胜利勿忘耻，江山稳似磐。

纪念长征胜利七十周年

万里崎岖路，神兵险化夷。

千山开路过，万水驾舟驰。

一部西行史，几行壮丽诗。

长征歌胜利，创举世称奇。

谢李真将军赠诗稿

投鞭报国志轩昂，勇斗风霜智斗狼。

戎马一生多历险，沙场百战满身伤。

雄词振玉瑶章著，妙笔生花翰墨香。

文武双全争奉献，捐资办学惠乡邦。

陈扬清

（1929 年生）河南开封人。大学毕业，数学系副教授。1949
年 5 月参军，1978 年任军械工程学院数学教研室主任。1984 年离
休。北京诗词学会会员。

[中吕宫·阳春曲] 九八年元宵忆总理二首

（一）

功昭日月无私构，智耀山河不自谋，中流砥
柱共戚休，身瘁走，四化愿难酬。

（二）

扬帆破浪除忧患，开放改革易旧颜，回归香
港断巫山。眉剑展，共唱月儿圆。

[双调·折桂令] 谒杜甫草堂

浣花溪工部结庐，月白风清，不朽诗书。阙
远难谋，烝民涂炭，龙虎蜷伏。喜大雨拳拳垅亩，
叹秋风何顾茅屋。松柏应舒，恶竹当锄，桃李从
遮，害草芟除，哲圣矣夫！

[仙吕宫·一半儿] 金秋外交记事

　　神州丰韵世凝眸，构架和平须运筹，访美兼谐俄日欧。俊风流，一半儿青松一半儿柳。

中央领导同志访日即事

　　战争虽已矣，历史岂朦胧。
　　明鉴师千代，金钟血万钟。
　　登高堪望远，闭目亦塞聪。
　　世界风云际，人民意气通。

郑明哲

（1929年生）女，江苏太仓人。暨南大学中文系毕业。1949年8月入伍。曾任解放军总参某部参谋。北京诗词学会会员，著有《芸窗咏稿》。

中华结

中华结，中华结，中华情重千千结。结缡结拜结同心，恩义相连毋违绝，结社结盟高志行，耻作散沙凝若铁。几多思与愿，化为吉祥饰。巧施绕指工，能令纷纭歇，藕里取丝霞染彩，编抽绾情千叠。如意回文磬有鱼，绮思妙喻随心设。或随玉坠寄相思，半系圆环半系玦。或伴龙泉匣内鸣，闻鸡起舞投刀笔。世纪长风来烈烈，迎宾又显辉煌绩。初充申奥使，贵客胸前热。更作唐装配，登堂APEC。展我祥和貌，示我锦绣质。消尔暴戾气，薄彼阴云积。融融暖意溢中华，遍传天涯如蛱蝶。蛱蝶翻飞去复来，岂因畛域停双翼？愿将微物建微功，环球略透春消息！

沁园春·健翔桥漫步

更换新装，梳洗周详，显我健翔。接东西环路，脉通廛市，北南驰道，箭指京昌。蝶翅扬空，弓弦扑地，似奏行程华彩章。待夜晚，看游龙婉转，十里流光。公交路路繁忙，更烨烨豪车衣鬓香。载科技学府，精英人士，赛场泳馆，健美儿郎。前路无穷，浮生有限，笑我神眩步履慌，蓦回首，见春鸢点点，竞舞穹苍。

青玉案·圆梦

屈平奇问敦煌舞，遍苍昊，谜无数。天上人间谁与渡？千丝霜缕，万宵灯柱，代代肩梯负。　　扬眉闯入青云路，星月相邀未稍驻。抛却几家惊与妒。神舟驰处，环球仰注，奋我扶摇步。

鹧鸪天·三八节赠《红叶》女诗友

曾系征夫万里心，曾经战火炼青春。才思不共青丝老，情韵还随时运新。　　红玉鼓，木兰勋，轩亭血溅恨天喑。西山红树停车望，秋色容君对半分。

诗　心

春草青青秋叶黄，几番流转几沧桑。
云舒云卷思千缕，雁去雁来字一行。
江上风涛心上浪，人间辛苦鬓间霜。
缘何夜半披衣起，为有灵台击石光。

许崇德

（1929-2014）上海青浦人。法学家，中国人民大学法学院教授、博士生导师。曾任香港特别行政区基本法起草委员会委员等职。出版诗集有《许崇德诗草》。

一九七八年中国人民大学复校述怀

雪霁冰融暖气频，十年枯木喜逢春。
球场已废楼成栉，教座重登泪湿巾。
笔墨挥飞新格纸，图书掸拂旧封尘。
时光痛失思追补，百倍辛勤白发人。

1978 年

屈原之歌

屈子驾轻烟，往来水泽边。索求真善美，上下两千年。忽见朝阳升，霞光放异妍。云开散走兽，浪静现清涟。屈子问巫咸，巫咸报喜吉。中华改革忙，国内众心一。知识莫不珍，遍地英雄出，屈子闻而舞，欣然辍九歌。春宫折琼树，县圃采香萝。跨凤驰穹宇，帝阍鸣玉珂。飞越阆山石，飘临洛水波。宓妃停濯发，驻足罢淫游。绝艳窈窕女，依依结侣俦。同登东岳顶，拨雾望神州。葱郁杜蘅茂，芳菲蕙叶稠。礼贤尊文士，擢

秀奔骏骟。屈子泪如雨，叹言志已酬，路漫兮修
远，更上一层楼！

1979 年

玉泉山之夜

假日庭园寂，平楼卧室幽。

逐行斟字句，对坐语喃啾。

灯下词初定，纸间策已筹。

宪章临十稿，尚欲益精求。

1982 年

列席全国人大目睹香港基本法通过有感二首

（一）

满堂正气壮山河，法案威高得票多。

代表三千齐拍手，国歌回响动心波。

（二）

银灯闪闪比繁星，喜乐洋洋溢四厅。

百五十年蒙国耻，扫开瘴雾见山青。

1990 年

吴柏森

（1929 年生）字本初，斋名双枣书屋，江西金溪人。北京五十中学高级教师。中华诗词学会会员，北京书法家协会会员。著有《遂初集》《鸿爪集》等。

题徐元森《燕子楼诗》（录一）

艰难离别鬓泛霜，永夜相思月满床。
海誓山盟都是梦，弥天浩劫恨偏长。

华宴行

危楼高矗势摩云，鼎沸笙歌遐迩闻。锦幔流苏饰窗槛，华灯照座兰麝芬。高官显宦乘兴来，知是佳辰绮筵开。对酒当歌慷以慨，欢声笑语喧惊雷。金盘玉箸生光灿，银壶象勺琥珀杯。斗酒十千醉流霞，一饮千觞兴转赊。珍馐盈席纷纭列，绝胜当年帝王家。鲈脍鼋羹兼鹿脯，熊蹯驼峰佐菱母。鸡豚鹅鸭安足论，樱笋莼丝和汤煮。鹌炙蟹胥沁齿牙，鱼翅燕窝滋脏腑。狸奴蛇蝎共登盘，且锡嘉名"龙斗虎"。佳味郇厨应逊色，奇珍惜杂穷水陆。恍如王母开绮筵，觥筹交错聚群仙。琼浆玉液宁辞醉，快饮鲸鲵吸百川。杯盘狼籍宴终罢，高轩载客去喧阗。人生得意须欢乐，切莫因循失机缘。倒罍飞觞莫迟疑，琼筵频敞四时宜。何愁开宴无名目，不必呕心费苦思。或为迎宾贺佳节，或为庆功自鼓吹，或为接风迎首长，或为祝嘏举寿卮。樽酒不空客常满，真教北海惭风仪。饕餮贪馋胜虎狼，又如鼠雀盗廪仓。一席万金挥国库，分文谁肯出私囊。珍馐美馔盈盘碟，金樽开处同邀月。须知碟内与樽中，酒馔俱是民膏血。农家八口一年粮，不抵华宴金一席。君不见，清贫粗粝寒士餐，苜蓿堆盘无兼味；又不见，边徼遥荒未脱贫，衣著悬鹑难蔽体。饘粥藜藿聊充肠，温饱无方难卒岁。廉政难行贪吏多，豺狼鼠雀成灾戾。伤心我欲斫地歌，浮白一醉浇块磊。安得巨臂挽天河，引来汹浪涤污秽。民风淳朴官清廉，华夏共乐羲皇世。

吴　言

（1929年生）原名吴兴邦，浙江杭州人。离休干部，曾任人民解放军防化学院哲学教研室主任。中华诗词学会会员，北京卿云诗社理事。著有诗集《积雪集》。

七六年天安门感事

莫言从此世披靡，花簇诗篇胜鼓鼙。
殿上犹难分鹿马，民间早已辨鹰鸡。
九州忍泪凝成雨，千古遗香化入泥。
我欲歌吟声更咽，唯馀热血醉桃蹊。

寄新疆战友

烽火台前冷月高，平沙漠漠野狼嚎。
中原漫道无征战，白发将军夜带刀。

病　中

病中心绪竟谁知，常梦横戈跃马时。
惊起老妻频慰问，怪予贪读稼轩词。

登望江亭

天风幽谷凛于秋，野树危亭云外浮。
眼底长江平似镜，争知骇浪正侵舟。

江靖飞

（1929 年生）江苏新沂人。少将军衔，教授职称。中华诗词学会会员，北京卿云诗书画联谊社社员。

思　兄

沭水清清绿树融，几回梦里弟兄同。
长悲离乱斥狐鼠，更唱升平仰鹄鸿。
安得虹桥浮碧海，怎寻彩翼上苍穹。
天涯望断无情水，流过金陵更向东。

边塞夜巡

朔风嚎啸云遮月，雪上深留马跃痕。
彻骨寒流冰甲冷，舒心春意暖衣温。
安能猫犬伏窗牖，只可鹰鹏立国门。
四海烽烟吹不灭，胡笳声里振军魂。

重上青岛太平角

偕妇将雏上太平，风和日丽鸟喧鸣。
将军有兴询前事，战士无邪话旧情。
炼石无愁天北缺，育苗直喜日东迎。
大洋若有波涛恶，跨海擎矛捕孽鲸。

刘佳有

（1929 年生）浙江衢州人。1960 年毕业于北京矿业学院机电系，后在北京工作。现定居美国。著有《青史凭谁定是非》，诗集《残黎楼诗钞》。

赠香港友人

天高地窄海无门，云水迷漫半岛昏。
孟接芳邻怀直道，虞传妙舞憾空论。
观洋眼黑从今白，悼世心寒向旧温。
未若顺潮振健羽，明分蕙艾醒王孙。

杂诗五首（录二）

（一）

斜阳脉脉隔垂杨，立马同君醉一觞。
只要机缘相默契，相逢不必计炎凉。

（二）

倦客何堪尺八箫，魂随变徵路迢迢。
闻声幽怨梅花落，梦堕兰溪竹马桥。

绍兴怀古

兰亭洗纸禹陵河，震世文章浙水多。
集序花明千古句，兼容柳暗一时峨。
成刀削笔山阴吏，借箸推盘相国魔。
最是教人凄绝处，东风恶薄沈园歌。

金常政

（1929 年生）辽宁省沈阳人。中国大百科全书出版社编审，原副总编辑。野草诗社创始人之一。出版有个人诗词选集《两味集》。

过什刹海重访海北楼

银锭桥西海北楼，星移人去念悠悠。
幽情似絮飘飘散，逸趣如云淡淡收。
湖畔清风垂柳在，水边洋味酒吧稠。
夕阳已下华灯上，永昼光阴不可求。

题老照片集

一路青春雾水中，往昔时日已朦胧。
廿年无奈书乡醉，半世多情晓梦空。
苦辣生涯诗与酒，黑白岁月雪和风。
何须色彩徒装点，我素我行到始终。

泰晤士河

泰晤士河景物多，笨钟塔堡古来歌。
伦敦眼下东流水，逝者如斯又几何。

访莎士比亚故居

小镇茅屋存古风，埃文河畔访莎翁。
人间悲喜都成戏，百代名伶演艺红。

周克玉

（1929-2014）江苏阜宁人。1944 年参加革命，曾任解放军总政治部常务副主任、总后勤部政委，上将军衔。1998 年 3 月任第九届全国人大法律委员会副主任委员。离休后曾任中国楹联学会名誉社长、野草诗社社长。

读《张爱萍传》

百年风雨铸长虹，仰望高山意万重。
坎坷征途终不悔，是非阶段显雄风。
奇谋赫赫凝青史，诗作煌煌映碧空。
神剑流辉传久远，苍松翠柏说葱茏。

赞铁道游击队

飞车驰骋快如风，隐现无常西复东。
出入魔窟歼剩寇，回旋铁道逞豪雄。
根生大地肩头硬，旗舞蓝天胆略宏。
留得琵琶弹月夜，非凡岁月吊时空。

参观新四军茅山抗日战争历史陈列馆

苍松翠柏杰英多，海啸山呼东进歌。
北战南征歼敌寇，铁军虎将壮山河。

瞻仰八女投江塑像

仰目犹闻战鼓催，英姿飒爽胜须眉。
冰肌剑胆胭脂淡，立地顶天忠烈碑。

饶　宜

（1929 年生）女，湖南长沙人。1949 年入伍，曾任中南军区报社编辑。转业后任北京第三十九中校长。

辞辕转业前夕

报国沙场志已酬，常思过往战云稠。
聚歼衡宝追穷寇，清剿湖南袭敌酋。
卫我海防风浪激，随军采写墨痕留。
如花岁月戎装美，创业重新争上游。

风入松·纪念抗日战争胜利五十周年

炮声惊晓宛平城，万刃戳金陵。金瓯残破民涂炭。亡族恨、骨刻心铭，任尔群奸诳呓。歼仇众志成城。　　红星闪闪耀空明，巨擘统雄兵。八年血战驱倭寇，喜今日，国泰民宁。痛定犹须思痛。连营鼓角长鸣。

张　结

（1929-2012）祖籍河南太康，生于开封市。1948 年赴豫陕鄂解放区。新中国成立后曾任新华社对外新闻编辑部代理主任、总编室副总编辑。离休后曾任中华诗词学会副会长、顾问，《中华诗词》主编、顾问。著有诗词集《道路集》等。

国庆四十一周年前夕缅怀往事感作二首（录一）

淮海归来未解鞍，临江南望蕴波澜。
才闻捷报传三省，旋见魂惊走百官。
火炮鸣时红赣水，雄师过日动梅关。
天安门下笑歌际，十万健儿全北看。

七七事变已五十馀年，犹闻唱卢沟桥之歌，感作

深宫帅府铸奸谋，却藉机端肆寇仇。
一夕奔霆惊薄海，八年浴血奋神州。
宛平城古新楼立，永定河平柳影稠。
旧景苍茫谁记取，犹闻夜半唱卢沟。

七十五岁初度，得七律四首（录一）

光阴七秩枉追思，大漠雄关几越驰。
旷野行军星耿耿，孤灯觅句夜迟迟。
屈平忧国心犹昔，杜叟怀民志岂移。
四纪艰辛终不悔，诗痴今古尽情痴。

登岳阳楼

不惮途程远，来寻楚地幽。
时平花满眼，湖近水明楼。
一点君山碧，三湘淑气浮。
范公名记在，忧乐志心头。

长白山天池

三江分注处，百里矗奇峰。
云海迷遥树，初阳醒碧泓。
危崖凝地火，砾石沐天风。
独立苍茫久，归来梦亦雄。

李鸿达

（1929 年生）原名毓良，黑龙江五常人。在政策法规司和铁道企业管理协会，协助企业管理咨询工作十年。北京诗词学会会员。

步韵赞白牡丹精神赠戏曲表演艺术家王冠丽老师

土培雨润育情真，神韵风姿脱俗尘。
梅骨梨魂存浩气，冰肌玉质竞芳春。
天香绰约轻权贵，国色氤氲守志贞。
为报秋翁甘婉转，清徽俊彦逸同伦。

赞魏莲一老师

泛舟学海破狂澜，万苦千辛不怕难。
鸣鼓叩钟开绛帐，披星戴月育芝兰。
醍醐灌顶青衿悟，甘露滋心白首欢。
坦对贬褒胸荡荡，欣瞻桃李果丹丹。

读李商隐《咏史》有感

成由勤俭破由奢，执政须依百姓家。
鉴戒姑胥台上宴，蠲除玉树后庭花。
苏失民众终支解，蒋恣独裁竟覆车。
不悟魏征舟水谏，锦帆岂可到天涯。

晨霁观雪

连宵飞絮漫天涯，晓霁群山瑜映霞。
素毯茸茸铺旷野，寒林灼灼绽梨花。
冰清有意祛污秽，玉洁随心润物华。
他日消融肥沃土，可资丰稔乐农家。

孙 机

（1929 年生）文物专家，考古学家，山东青岛人。1960 年北京大学历史系毕业，1995 年 12 月被聘任为中央文史研究馆馆员。著有《孙机谈文物》《汉代物质文化资料图说》等。

缅怀邓小平同志

凤凰经火再冲天，扭转乾坤又一旋。
万马濑暗出昧谷，九儒邻丐回春妍。
安邦济世凭神手，匡谬定倾赖铁肩。
旷代中华奇男子，丰功盛德永流传。

过鱼藻轩，有怀王国维先生

轩影摇波金碧纷，斯人怀石逐斜曛。
屈悲庾泣何缘尔？蛟怒龙吟争不闻。
奥岳秋深云漠漠，夔门春暖浪欣欣。
诸山新出多珍秘，奇字说成每忆君。

读沈从文《中国古代服饰研究》

鸣金戛玉六十年，暮齿新声着意弹。
点翠涂黄唐粉黛，曳青纤紫汉衣冠。
锦章绣出古风美，彤管拓开史域宽。
好尚妍媸百代事，盛衰满眼起波澜。